O HOMEM DE LATA

(TIN MAN)

SARAH WINMAN

O HOMEM DE LATA

(TIN MAN)

Tradução: Elvira Serapicos

COPYRIGHT © 2017 SARAH WINMAN
COPYRIGHT © FARO EDITORIAL, 2018

Todos os direitos reservados.
Nenhuma parte deste livro pode ser reproduzida sob quaisquer meios existentes sem autorização por escrito do editor.

Diretor editorial **PEDRO ALMEIDA**
Preparação **TUCA FARIA**
Revisão **ANA UCHOA**
Capa **YETI LAMBREGTS**
Diagramação **OSMANE GARCIA FILHO**

Dados Internacionais de Catalogação na Publicação (CIP)
(Câmara Brasileira do Livro, SP, Brasil)

Winman, Sarah
   O homem de lata / Sarah Winman ; tradução Elvira Serapicos. — 1ª ed. — Barueri, SP : Faro Editorial, 2018.

   Título original: Tin man.
   ISBN 978-85-95581-011-2

   1. Ficção inglesa I. Título.

17-11411   CDD-823

Índice para catálogo sistemático:
1. Ficção : Literatura inglesa 823

1ª edição brasileira: 2018
Direitos de edição em língua portuguesa, para o Brasil, adquiridos por **FARO EDITORIAL**

Alameda Madeira, 162 – Sala 1702
Alphaville – Barueri – SP – Brasil
CEP: 06454-010 – Tel.: +55 11 4196-6699
www.faroeditorial.com.br

*Para Robert Caskie
e para Patsy*

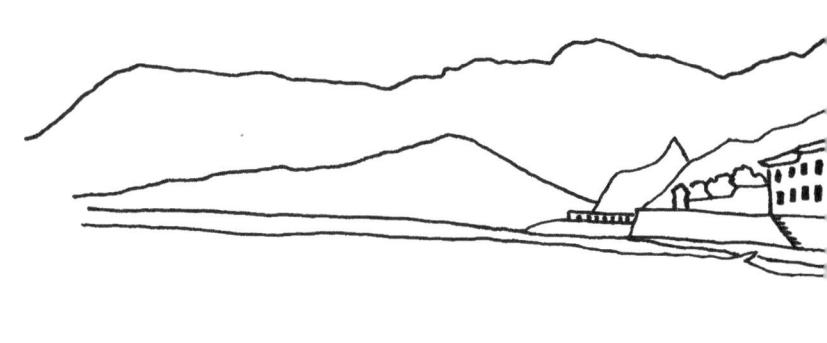

E você, meu amigo galvanizado, quer um coração. Você não sabe o quão sortudo é por não ter um. Corações nunca serão práticos enquanto não forem feitos para não se partirem...

O Mágico de Oz.

Já consigo sentir que me fez bem a ida para o Sul, para ver melhor o Norte.

Vincent van Gogh em uma carta para
seu irmão Theo, maio de 1890.

1950

TUDO O QUE DORA JUDD CONTOU A RESPEITO DAQUELA noite três semanas antes do Natal foi que ganhou o quadro em uma rifa.

Ela se lembrava de ter estado no jardim dos fundos, com as luzes da fábrica de automóveis de Cowley rasgando o céu ao anoitecer, fumando seu último cigarro, pensando que a vida tinha de ser mais do que aquilo.

Dentro de casa, seu marido resmungou *Diabos, mexa-se*, e ela disse *Dá um tempo, Len*, e começou a desabotoar o vestido ao mesmo tempo que subia a escada. No quarto, olhou-se de lado no espelho, as mãos sentindo o avanço da gravidez, essa nova vida que ela sabia que seria um garoto.

Dora se sentou diante da penteadeira e pousou o queixo nas mãos. Achou que seus olhos pareciam cansados, a pele, seca. Pintou os lábios de vermelho, e a cor iluminou seu rosto instantaneamente. Mas não ajudou a melhorar seu humor.

Assim que cruzou a porta do Centro Comunitário, sentiu que fora um erro ir até ali. O salão estava enfumaçado, e os animados beberrões empurravam uns aos outros na tentativa de chegar até o bar. Dora seguiu seu marido pelo meio da multidão e de ondas intermitentes de perfume e brilhantina, de corpos e cerveja.

Dora não queria mais atividades sociais com Len, não da maneira como ele se comportava com seus amigos, fazendo questão de olhar para todas as coisas bonitas que passavam, certificando-se de que ela estava vendo. Ela parou em um canto, segurando um copo de suco de laranja quente que começava a virar seu estômago. Por sorte a senhora Powys veio logo na sua direção, segurando um talão de bilhetes de rifa.

O grande prêmio é uma garrafa de uísque escocês, disse a senhora Powys, conduzindo Dora até a mesa onde se achavam dispostos os prêmios. *Depois vem um rádio, um vale para um corte e penteado na Audrey's Coiffure, uma lata de bombons, uma garrafinha de estanho para pôr bebida e, por último* — e ela se inclinou para a frente para fazer essa confidência —, *uma pintura a óleo sem muito valor. Apesar de ser uma boa cópia de uma obra de arte europeia*, a senhora Powys acrescentou com um piscar de olho.

Dora tinha visto o original na National Gallery, em uma viagem a Londres com a escola. Estava então com quinze anos, cheia de contradições típicas dessa idade. Mas, ao entrar na galeria de arte, a couraça que envolvia seu coração se abriu, e ela soube imediatamente que aquela era a vida que desejava: liberdade, possibilidade, *beleza*.

Havia outras pinturas na sala, ela lembrava – A cadeira de Van Gogh com cachimbo, de Van Gogh, e Um banho em Asnières, de Seurat —, mas foi como se tivesse sido enfeitiçada por aquela outra obra, e o que quer que a tivesse petrificado naquele momento, transportando-a para os limites inescapáveis de sua moldura, era exatamente o que parecia atraí-la agora.

Senhora Judd?, chamou-a a senhora Powys. *Senhora Judd, posso lhe oferecer um bilhete, então?*

O quê?

Um bilhete da rifa?

Ah, sim. É claro.

As luzes começaram a piscar, e um homem bateu sua colher em um copo. O salão ficou em silêncio, e a senhora Powys, com gestos teatrais, aproximou-se da caixa de papelão e tirou o primeiro bilhete ganhador. Número dezessete, ela disse de modo solene.

Dora estava distraída demais pela sensação de náusea para ouvir a senhora Powys. Assim, foi só quando a mulher ao seu lado a cutucou falando *É você!* que Dora se deu conta de que ganhara. Ela segurou o bilhete no alto e afirmou *Sou o dezessete!*, e a senhora Powys gritou *É a senhora Judd! A senhora Judd é a nossa primeira ganhadora!*, e levou-a até a mesa para escolher seu prêmio.

Leonard gritava para que ela escolhesse o uísque.

Senhora Judd?, sussurrou a senhora Powys.

Mas Dora continuava em silêncio, olhando para a mesa.

Pegue o uísque, Leonard tornou a gritar. *O uísque!*

E, aos poucos, em uníssono, as vozes dos homens entoaram *Uísque! Uísque! Uísque!*.

Senhora Judd?, chamou a senhora Powys. *Vai ficar com o uísque?*

Dora se virou, olhou para o marido e afirmou *Não, eu não gosto de uísque, prefiro a pintura.*

Foi o primeiro gesto desafiador de sua vida. Como cortar uma orelha. E ela fez isso em público.

Ela e Len foram embora pouco depois. Sentaram-se em lugares diferentes no ônibus a caminho de casa, ela na parte de cima, ele embaixo. Quando desceram, Len disparou na frente, deixando-a para trás, na paz da noite estrelada.

A porta principal estava escancarada quando Dora chegou, e a casa, no escuro. Nenhum barulho no andar de cima. Ela foi até a sala dos fundos com toda a calma e acendeu a luz. Era uma sala sem graça, mobiliada com um salário, o dele. Duas poltronas se achavam perto da lareira, e uma grande mesa de jantar que testemunhara pouca conversa ao longo dos anos bloqueava o caminho para a cozinha. Não havia nada naquelas paredes marrons a não ser um espelho, e Dora sabia que deveria pendurar a pintura na sombra do guarda-louça, onde Len não pudesse ver, mas não conseguiu se controlar; não naquela noite. E tinha consciência de que se não fizesse aquilo naquela hora, não faria nunca mais. Ela foi até a cozinha e abriu a caixa de ferramentas. Pegou um martelo e um prego e voltou até a parede. Algumas batidas suaves e o prego penetrou o gesso com facilidade.

Dora deu um passo para trás. A pintura era tão vistosa quanto uma janela recém-instalada, mas dava para uma vida de cor e imaginação, muito distante do amanhecer da fábrica cinzenta, e contrastava vivamente com as cortinas marrons e o tapete marrom, escolhidos por um homem para esconder a sujeira.

Seria como se o próprio sol passasse a surgir todas as manhãs naquela parede, derramando sobre o silêncio do horário das refeições a emoção inconstante da luz.

A porta explodiu e quase se soltou das dobradiças. Leonard Judd se precipitou em direção à pintura e, com a maior rapidez com que já se movimentara na vida, Dora se colocou na frente e ergueu o martelo, dizendo *Faça isso e eu te mato. Se não agora, quando você estiver dormindo. Esta pintura sou eu. Não toque nela, respeite. Esta noite eu vou para o outro quarto. E amanhã, compre pra você outro martelo.*

Tudo por causa de um quadro de girassóis.

ELLIS

1996

NO QUARTO DA FRENTE, APOIADA ENTRE OS LIVROS, HÁ uma foto colorida de três pessoas, uma mulher e dois homens. Estão rigidamente enquadrados, os braços em torno um do outro; o mundo atrás deles está fora de foco, e o mundo de cada lado, excluído. Parecem felizes, e de fato estão. Não apenas porque sorriem, mas porque há alguma coisa em seus olhos, uma tranquilidade, uma alegria, algo que compartilham. Foi tirada na primavera ou no verão, pode-se dizer pelas roupas que usam (camisetas, cores claras etc.) e, é claro, por causa da luminosidade.

Um dos homens da foto, o do meio, com cabelo escuro e desalinhado e olhar doce, dorme naquele quarto. Seu nome é Ellis. Ellis Judd. A foto, no meio dos livros, passa despercebida, a menos que você saiba onde procurá-la. E, como Ellis já não sente vontade nenhuma de ler, não tem aquela compulsão para estender o braço na direção da fotografia e pegá-la para recordar aquele dia, o dia de primavera ou de verão, em que foi tirada.

O despertador tocou às cinco da tarde, como sempre. Ao abrir os olhos, Ellis se virou instintivamente para o travesseiro ao lado. Pela janela, anoitecera. Ainda era fevereiro, o mês mais curto do ano, que parecia não acabar nunca. Ele se levantou e desligou o despertador. Foi até o banheiro e se inclinou sobre o vaso sanitário. Apoiou a mão na parede e começou a esvaziar a bexiga. Ellis não precisava mais se apoiar na parede, mas esse era o gesto inconsciente de um homem que já precisara de apoio. Abriu o chuveiro e esperou até a água começar a soltar vapor.

Lavado e vestido, ele desceu e conferiu as horas. O relógio estava uma hora adiantado porque ele esquecera de atrasá-lo em outubro. Mas sabia que dali a um mês os relógios teriam que ser adiantados, e o problema estaria resolvido. O telefone tocou como sempre, e ele atendeu dizendo *Carol. Sim, está tudo bem. Ok. Você também.*

Ele acendeu o fogo e cozinhou dois ovos. Ovos eram algo de que gostava. Seu pai gostava, também. Ovos eram o que os unia em concordância e reconciliação.

Ellis saiu com a bicicleta para a noite congelante e pedalou pela Divinity Road. Na Cowley Road ele esperou por uma brecha no trânsito em direção ao leste. Fizera esse caminho milhares de vezes e conseguiria acompanhar o fluxo escuro sem precisar pensar. Virou na direção das luzes da fábrica de automóveis e seguiu até a oficina de pintura. Estava com quarenta e cinco anos, e todas as noites se perguntava para onde esses anos tinham ido.

O cheiro forte de solvente travou sua garganta assim que ele entrou. Ellis acenou para os homens com quem já convivera socialmente e, na área dos guarda-volumes, abriu seu armário e tirou uma sacola de ferramentas, ferramentas de Garvy, criadas para desfazer qualquer amassado. Todos reconheciam que ele era tão habilidoso que poderia tirar um corte do queixo sem que o rosto percebesse. Garvy lhe ensinara tudo. No primeiro dia, Garvy pegou uma lima, bateu com ela no painel da porta e lhe disse para tirar o amassado.

Mantenha a mão espalmada, ele dissera. *Assim. Aprenda a sentir o amassado. Olhe com suas mãos, não com os olhos. Passe a mão de leve. Sinta. Acaricie. Levemente. Encontre o ponto.* E deu um passo para trás, a boca aberta e o olhar crítico.

Ellis pegou a pequena bigorna, colocou-a atrás do amassado e começou a bater com a colher. Ele tinha um dom inato.

Preste atenção ao som!, Garvy gritara. *Acostume-se com o som. Ele permitirá que você saiba se encontrou o lugar exato*. E quando Ellis terminou, levantou-se satisfeito consigo mesmo, porque a porta de metal estava lisa como se tivesse acabado de ser prensada. Garvy perguntou *Você acha que está lisa?*. E Ellis afirmou *É claro que sim*. Então, Garvy cerrou as pálpebras, passou as mãos pelo amassado e garantiu *Não está*.

Naqueles tempos eles costumavam ouvir música, mas tudo o que Ellis ouviu foi o som do metal uma vez. Garvy era fã do Abba, e gostava ainda mais da loira, Agnetha qualquer coisa, mas jamais contou isso a alguém. Com o passar do tempo, porém, Ellis começou a perceber que o cara era tão solitário e ansioso por companhia que o processo de alisar um amassado era como se suas mãos estivessem acariciando um corpo feminino.

Mais tarde, na cantina, os outros ficavam atrás dele e faziam beicinho, descendo com as mãos pela cintura e pelos seios imaginários, sussurrando *Feche os olhos, Ellis. Está sentindo? Aquele pontinho? Consegue sentir, Ellis? Consegue?*

Foi Garvy quem o mandou até a oficina de acabamento para pedir uma "mulher bem acabada", o tonto, mas só uma vez. E quando se aposentou, Garvy disse *Pegue duas coisas minhas, garoto. Primeiro: trabalhar muito, e você terá uma longa vida aqui. E segundo: minhas ferramentas.*

Ellis pegou as ferramentas. Garvy morreu um ano depois de se aposentar. Aquele lugar era seu oxigênio. Os rapazes concluíram que ele sufocara por não ter o que fazer.

Ellis?, disse Billy.

O quê?

Eu falei boa noite, e ele fechou seu armário.

Ellis pegou uma lima gasta, atirou-a em uma caixa de aparas e falou *Vê se dá um tempo, Billy. Me esquece.*

Era uma da manhã. A cantina estava movimentada e cheirava a batata frita e torta de carne, e a alguma coisa verde que passara do ponto. O som de um rádio vinha se arrastando da cozinha, Oasis, *Wonderwall*, e a moça que servia cantarolava. Ellis era o próximo da fila. A luz incomodava, e ele esfregou os olhos. Janice o olhou preocupada. Mas aí ele disse *Torta e fritas, Janice, por favor.*

E ela concordou, *Torta e fritas, aqui está. Vamos lá, meu amor. Porção de cavalheiros, também.*

Obrigado.

Boa noite, meu amor.

Ellis caminhou até a mesa no canto do fundo e puxou uma cadeira.

Posso, Glynn?, ele perguntou.

Glynn olhou para cima. *Fique à vontade*, ele disse. *Está tudo bem, meu chapa?*

Tudo, e Ellis começou a enrolar um cigarro. *Que livro é esse?*

Harold Robbins. Se eu não cobrir a capa, você vai saber como é este bando. É muita sujeira.

É bom?

Brilhante, afirmou Glynn. *Nada previsível. As reviravoltas, a violência. Carros possantes, mulheres possantes. Veja. Esta é a foto do autor. Dá uma olhada. Olha o* estilo. *Esse é o meu tipo de homem.*

Qual é o seu tipo de homem? Você tem um pouco de Nelly, Glynn?, Billy quis saber, puxando uma cadeira.

Neste contexto, meu tipo de homem quer dizer o tipo com quem eu sairia pra curtir.

Não com a gente, então?

Eu prefiro mastigar minha mão. Sem querer ofender, Ellis.

Tudo bem.

Eu era parecido com ele nos anos setenta, estiloso assim. Você lembra, Ellis?

Tipo Embalos de sábado à noite, *é isso?*, disse Billy.

Não ouvi o que você disse.

Terno branco, correntes de ouro.

Não ouvi.

Tudo bem, tudo bem. Trégua?, Billy sugeriu.

Glynn estendeu o braço para pegar o ketchup.

Mas...

Mas o que, Billy?, Glynn perguntou.

Aposto que dava pra dizer pelo seu jeito de andar que você era daqueles que agradavam as mulheres sem precisar jogar conversa fora.

Do que ele está falando, Ellis?

Não faço ideia, Glynn, afirmou Ellis, tranquilamente, empurrando o prato.

Lá fora, Ellis acendeu um cigarro. A temperatura despencara, ele olhou para cima e calculou que poderia nevar.

Você não devia falar com Glynn daquele jeito, Billy.

Ele pediu, Ellis.

Ninguém pediu nada. E esquece essa merda do Nelly.

Olha, Ellis. A Ursa Maior. Você tá vendo? A Grande Ursa.

Você ouviu o que eu disse?

Olha, Elis: pra baixo, pra baixo, pra baixo, pra cima. Pro lado. Pra baixo. E pra cima, pra cima. Tá vendo?

Perguntei se você ouviu o que eu disse.

Sim, ouvi.

Eles caminharam de volta para a oficina de pintura.

Mas você viu?, Billy quis saber.

Jesus, Ellis sussurrou.

A campainha soou, a linha de montagem desacelerou e os homens foram deixando as ferramentas e saindo. Eram sete da manhã e estava escuro. Ellis se perguntou quando vira o sol pela última vez. Sentiu uma inquietação, e quando se sentia assim depois do turno nunca ia direto para casa, pois a solidão atacava. Às vezes, pedalava até Shotover

Woods, ou até Waterperry, só para preencher as horas com a queimação dos quilômetros nas panturrilhas. Ficava observando a luz da manhã contra as árvores e ouvindo os pássaros para acalmar seus ouvidos depois de todo o barulho da fábrica. Tentava relaxar, ali em meio à natureza; às vezes funcionava, outras vezes, não. Quando não, Ellis pedalava de volta pensando que sua vida estava longe de ser o que imaginara que seria.

Ao longo da Cowley Road, as luzes alaranjadas se espalhavam pelo asfalto, e fantasmas de lojas havia muito desaparecidas se escondiam na névoa da lembrança. Betts, bicicletaria Lomas, Estelles's, a quitanda Mabel's, fechadas. Se alguém lhe dissesse quando era menino que a Mabel's não estaria ali quando fosse adulto, ele jamais acreditaria. Uma loja de artigos usados chamada Second Time Around agora ocupava o lugar. E raramente abria.

Ellis passou pelo velho Regal Cinema, onde 30 anos antes Billy Graham, o pregador evangélico, apareceu sorrindo na telona para 1.500 dos seus fiéis. Lojistas e transeuntes haviam se juntado nas calçadas para ver a multidão que saía daquelas portas. As pessoas que bebiam diante do pub City Arms observaram com estranheza, inquietas. Fora um confronto entre o excesso e a sobriedade. Mas a estrada não tinha sido sempre um ponto de tensão entre o leste e o oeste? As duas pontas do espectro, os que tinham e os que não tinham, fosse fé, dinheiro ou tolerância.

Ele cruzou a Magdalen Bridge para o lado em que o ar cheirava a livros. Diminuiu a velocidade para deixar que um grupo de estudantes passasse à sua frente — madrugando ou acordados até tarde? Difícil dizer. Ellis parou e comprou um jornal e um café no mercado. Pedalou com apenas uma das mãos no guidão e foi tomar o café apoiado em uma parede no final da Brasenose Lane. Ficou observando os turistas sonolentos e cansados aproveitando a manhã. *Bela cidade vocês têm aqui*, disse um deles. *Sim*, Ellis retrucou, e tomou seu café.

No dia seguinte, um Rover 600, tirado da linha, esperava na plataforma. Ellis deu uma olhada no livro com o relatório do turno do dia. Outro para-lama dianteiro esquerdo. Ele calçou um par de luvas de algodão brancas, esticou os dedos e passou as pontas pela linha danificada. Conseguiu sentir a diferença, tão pequena que nem mesmo uma luz sobre a pintura conseguiria pegar. Ellis endireitou as costas.

Billy, tente você, ele sugeriu.

Billy se aproximou. Passou as luvas brancas pela lataria. Parando, passando de novo. Bingo.

Aqui, disse Billy.

Você achou, e Ellis pegou a bigorna e a colher. *Algumas batidinhas já resolvem. Rápido e fácil. Aqui está.*

Ele verificou a pintura. Deslizava por uma linha prata perfeita, e Billy indagou *Isso é o que você sempre quis fazer?*. E Ellis se surpreendeu dizendo *Não*. Então, Billy perguntou *O que, então?* E ele revelou *Eu queria desenhar*.

A campainha tocou, e eles saíram para o frio congelante. Ellis puxou o gorro e amarrou o cachecol. Tirou as luvas do bolso e teve que correr atrás do lenço que voou com uma súbita lufada de vento. Ele não se importou com a risada de Billy. A risada de Billy era tranquila.

Tenho um encontro na sexta, Billy comentou.

Aonde você vai?

Um pub, eu acho. Na cidade. Vamos no encontrar no Memorial aos Mártires.

Sério? Onde está sua bicicleta, por falar nisso, Billy?

Bem ali, perto da sua. Não sei por que sugeri o encontro lá, não consegui pensar em nenhum outro lugar. E olhe pra isto, ele disse, apontando para o próprio nariz. *Espinha.*

Quase não dá pra ver. Você gosta dela?

Sim, gosto, gosto muito. Ela é boa demais pra mim, Billy garantiu. E então quis saber *Você tem alguém, Ellis?*.

Ele respondeu *Não*.

E Billy disse o que ninguém jamais dissera. *Terry me contou que sua mulher morreu.*

A maneira como ele falou foi suave, direta e descontraída, como se a morte do amor fosse normal.

Ela morreu, Ellis confirmou.

Como?

Terry não falou?

Ele me mandou cuidar da minha vida. Mas eu posso, entende? Me importar.

Acidente de carro. Cinco anos atrás.

Que merda, Ellis.

E merda era a única palavra adequada, Ellis concluiu. Não "Sinto muito" ou "Que horror". Mas "Que merda". Billy, que conduzia a conversa muito melhor do que qualquer outro em muito tempo, disse *Aposto que foi por isso que você começou a trabalhar à noite, certo? Eu nunca imaginei que você fizesse isso pelo dinheiro. É porque você não conseguia dormir, não é? Acho que eu jamais conseguiria dormir de novo.*

Billy e seus dezenove anos entendiam. Os dois pararam no portão e deixaram os carros passarem.

Vou até Leys tomar uma cerveja, Ell. Por que você não vem?

Não vou.

Sou só eu. E gosto de conversar com você. Você não é como os outros.

Os outros são legais.

Você costuma sair pra beber, Ell?

Não.

Então vou continuar tentando. Você será meu projeto.

Continue. Se manda.

Te vejo amanhã, Ell!

Ellis ficou olhando enquanto ele sumia no meio de dezenas de operários que seguiam para os lados de Blackbird Leys. Montou na bicicleta e pedalou lentamente para o oeste, se perguntando quando aquele garoto começara a chamá-lo de Ell.

Eram oito da manhã, e o céu em South Park começara a clarear. O gelo cobria os para-brisas e os ninhos dos pássaros, as calçadas brilhavam. Ellis abriu a porta da frente e empurrou a bicicleta para dentro. A casa estava fria e cheirava a fumaça de madeira. Na sala do fundo ele colocou a mão sobre os aquecedores. Estavam ligados, mas lutando. Ele não tirou a jaqueta imediatamente; em vez disso, empilhou a madeira e acendeu a lareira. Ellis era bom nisso. Ele acendia a lareira, e Annie abria o vinho, e assim os anos foram passando. 13, mais precisamente. 13 anos de uvas e calor.

Ellis pegou uma garrafa de uísque no armário e voltou para perto do fogo. No silêncio, o eco da fábrica diminuiu; agora, apenas as chamas e o baque suave das portas de carro abrindo e fechando em um novo dia lá fora. Essa era sempre a pior hora, quando o vazio silencioso podia deixá-lo ofegante. Ela estava ali, a sua mulher, uma sombra periférica passando por uma porta, ou no reflexo de uma janela, e ele tinha que parar de procurar por ela. E o uísque ajudava — ajudava-o a passar por Annie quando o fogo apagava. Mas, de vez em quando, ela o seguia escada acima, e por isso ele começou a levar a garrafa junto, porque Annie ficava no canto do quarto deles, olhando-o se despir, e quando Ellis estava prestes a pegar no sono ela se inclinava sobre ele e perguntava coisas como *Você lembra quando nos conhecemos?*.

E ele dizia *É claro que sim. Eu estava entregando uma árvore de Natal.*

E?

E toquei sua campainha, sentindo o cheiro de pinho e um pouco do inverno. E vi a sua sombra se aproximando pela janela, a porta abriu e lá estava você, camisa xadrez, jeans e meias grossas que você usava como chinelos. Seu rosto brilhante, seus olhos verdes, o cabelo espalhado pelos ombros, e ao anoitecer parecia loiro, mas depois descobri tons de ruivo. Você comia panqueca, e a entrada da casa cheirava a panqueca. Você se desculpou e lambeu os dedos, e eu fiquei com vergonha do meu gorro de pele, por isso tirei, mostrei a árvore e disse "É sua, imagino, senhorita Anne Cleaver". E você respondeu "Imaginou corretamente. Agora, tire as botas e venha comigo". Tirei as botas, obediente, e fui atrás de você, e nunca mais olhei pra trás.

Carreguei a árvore até a sala da frente, onde havia laranjas cobertas de cravos, e pude ver onde é que você tinha estado alguns minutos antes. A marca que você deixara no sofá ainda estava quente, com um livro aberto do lado, uma mesa com um prato vazio, um cardigã, e o fogo ardendo devagar.

Coloquei a árvore no suporte e ajudei você a cobrir a base com papel dourado. Do papel dourado passei para as luzes, das luzes para as bolas, e das bolas alcancei o topo para colocar uma estrela no alto. Ao descer, desci do seu lado, e não queria ir embora.

Você perguntou "Você não tem nenhum lugar pra ir?"

"Não", eu disse. "Só voltar pra quitanda."

"Nenhuma árvore para entregar?"

"Nenhuma árvore", eu garanti. "A sua era a última."

"E o que tem na quitanda?", você quis saber.

"Michael. Mabel. E Jack Daniel's."

"Ah!", você disse. "Parece título de livro." Eu ri.

"Você tem um sorriso bonito", você afirmou.

E então ficamos em silêncio. Você lembra? Lembra como ficou olhando pra mim? Como me deixou sem graça? E eu perguntei por que você estava me olhando daquele jeito.

Você respondeu "Estou pensando se deveria arriscar com você". E eu falei "Sim. Sim, é a única resposta".

Enquanto o anoitecer se transformava em escuridão, passeamos por Southfield, de mãos dadas, parando uma vez no escuro, e eu senti o gosto de panqueca nos seus lábios, na sua língua. Paramos na Cowley Road. A vitrine da Mabel's estava cheia, e pela porta aberta ouvia-se a música em alto volume – **People Get Ready***, do The Impressions. Você apertou minha mão e disse que era uma de suas favoritas. Michael estava sozinho na quitanda, dançando e cantando a música em voz alta, e a irmã Teresa, em pé junto da porta, olhava para ele. Atravessamos a rua e nos aproximamos dela. A música acabou e nós aplaudimos, e Michael se curvou para agradecer. A irmã disse "Você virá até a igreja no Natal, Michael? Precisamos de gente que cante assim".*

Ele respondeu "Acho que não, irmã. A igreja não é pra mim. E vocês, têm tudo de que precisam para o grande dia?". E ela retrucou "Temos". E ele pediu "Espere", e foi até os fundos. "Aqui está", ele disse ao voltar.

"Visco", ela achou graça. "Há quanto tempo não vejo isso!", nos desejou um Feliz Natal e foi embora.

"Quem é ela?", Michael perguntou, olhando pra você. Eu informei "Esta é Anne". E você corrigiu "Annie, na verdade". E ele brincou "Senhorita Annie na Verdade. Gosto dela".

Estávamos em 1976. Você tinha 30 anos. Eu, 25. Esses são os detalhes que você jamais imaginou que eu lembraria.

Ficamos os três sentados no jardim atrás da quitanda. Fazia frio, mas eu não sentia frio com você ao meu lado. Mabel saiu para dar um oi, e você se levantou dizendo "Senta aqui, Mabel". E ela retrucou "Hoje não. Vou pra cama ouvir música". "Que música?", você quis saber. Mas ela não ouviu, apenas voltou e sumiu lá dentro.

Fizemos uma fogueira no meio de uns tijolos, tomamos cerveja, comemos batatas assadas e nos enfiamos debaixo dos cobertores, com nossas respirações evaporando e as estrelas parecendo tão frágeis quanto cristais de gelo. O som de um trompete interrompeu nossas palavras, e nós três pulamos no muro de trás e nos demos as mãos enquanto olhávamos para o outro lado do terreno cheio de mato da igreja. E vimos a silhueta escura de um trompetista encostado em uma árvore.

"Quem é aquele?", você perguntou.

"Dexter Shawlands", Michael respondeu.

"E quem é ele, Michael?"

"Uma velha paixão de Mabel, Annie. O cara aparece uma vez por ano para tocar essa música pra ela."

"Isso é amor", você murmurou.

No dia seguinte, o despertador tocou às cinco da tarde, como sempre. Ellis se levantou bruscamente. Sentia um nó na garganta, o coração acelerado. Qualquer que fosse a confiança que tivesse em si mesmo, desaparecera durante o sono. Ele conhecia esse estado de espírito, e era terrível porque não dava pra prever. Ellis saiu da cama antes que não conseguisse mais. Desligou o despertador, e esse seria seu primeiro triunfo naquele dia. O segundo seria escovar os dentes. O quarto estava frio, e ele foi até a janela. Luzes acesas na rua e escuridão. O telefone tocou, e Ellis deixou tocar.

A neve começou a cair enquanto ele pedalava pela Divinity Road. Ellis sentia um peso no corpo, e já tentara explicar essa sensação uma vez, para um médico, mas nunca conseguia encontrar as palavras certas. Era uma sensação, só isso, uma sensação acachapante que começava no peito e deixava as pálpebras pesadas. Um desligamento que enfraquecia suas mãos e dificultava a respiração. Ao passar pelo portão da fábrica, não conseguia se lembrar de como chegara até ali.

As horas foram passando, e ele continuava preocupado e distante. Aqueles que conheciam sua história avisaram os outros com um aceno rápido ou um piscar de olhos em sua direção, indicando "fiquem longe, colegas", e até mesmo Billy manteve a cabeça baixa. Em um intervalo, Ellis sentou encostado em seu armário, pegou o tabaco e começou a enrolar. Billy parou perto dele e perguntou *O que está fazendo, Ell?*. Ellis o olhou e sentiu a mão do garoto em seu ombro. *A campainha pifou, disse Billy. Jantar, Ellis. Venha. Vamos pegar suas coisas.*

Na cantina, ele sentiu espasmos na perna. Sua boca estava seca e havia muito barulho, barulho demais ao redor e, sob sua pele, ele sentiu o coração acelerar. O cheiro de comida era sufocante, e seu prato ficou cheio, porque os boatos haviam circulado e Janice sentiu pena dele, por isso serviu-lhe muita comida, e os outros homens reclamaram, mas ela mandou que ficassem quietos com aquele seu olhar. E agora Billy e Glynn estavam comendo. *Você já leu* O garanhão, *Glynn? Quem não leu? Deveria fazer parte do currículo nacional. Você já transou em um balanço, Glynn? Pra falar a verdade, já, seu babaca. É mesmo? No parquinho?*

O barulho. O maldito barulho, e ele se levantou da mesa. Foi lá para fora, e a neve caía, e ele conseguia ouvir o som da neve caindo. *Olhe pra cima, olhe pra cima*, e ele olhou. Abriu a boca e pegou neve com a língua. E ficou calmo de novo, sozinho lá fora, só ele e a neve. O barulho se acalmou, e agora o zumbido tranquilo do tráfego subia em direção ao céu.

Billy apareceu e o viu olhando para cima com as lágrimas congeladas antes de poderem cair. E ele queria dizer para Billy *Só estou tentando me manter de pé, só isso.*

Ellis queria dizer isso porque jamais conseguira falar para ninguém, e Billy poderia ser uma boa pessoa para quem se abrir. Mas não foi capaz. Por esse motivo passou por ele sem olhar, e o ignorou, como seu pai teria feito.

Ele não voltou para a fábrica. Montou na bicicleta e saiu pedalando. A roda de trás de vez em quando puxava, mas as ruas principais estavam cobertas de cascalho, e Ellis logo se distanciou, sem pensar em nada, um corpo fazendo tanto esforço para tentar escapar de algo que ele nunca conseguia definir. Quando chegou a Cowley Road, distraiu-se com uma luz que vinha da velha quitanda de Mabel, e foi por isso que não viu o carro até ser tarde demais. Ele saiu em disparada de Southfield, e tudo aconteceu muito rápido, o terror da queda livre. Ellis estendeu o braço para diminuir o impacto e, quando o meio-fio chegou perto, ele ouviu o pulso quebrando e girou com o forte baque. Viu as lanternas traseiras de um automóvel se afastando, ouviu o barulho das rodas da bicicleta girando. Deixou a cabeça descansar sobre a calçada fria, e o peso desapareceu. Ele conseguia respirar novamente.

Um homem saiu correndo do escuro e pediu *Chamem uma ambulância!*, agachou-se ao lado dele perguntando *Você está bem?*.

Melhor do que nunca, afirmou Ellis.

Não se levante, ordenou o homem.

Mas Ellis se sentou e ficou observando a neve.

Qual é o seu nome?, o homem quis saber. *Onde mora?* O som de uma sirene se aproximando ficava mais alto. E Ellis pensando *Tanto barulho por nada. Nunca me senti tão lúcido.*

Quando pequeno, Ellis se lembrava de como gostava de ver seu pai se barbear. Costumava sentar-se em cima do reservatório de água do vaso sanitário, com os pés pendurados, olhando para cima, porque seu pai era muito grande. O ar ficava enfumaçado com o vapor, e o espelho, embaçado; nenhum dos dois dizia uma palavra. Seu pai usava uma camiseta regata, e a luz do sol atravessava a janela e caía sobre seus ombros e peito, e cobria sua pele com as flores-de-lis do desenho no vidro, e com esse efeito ficava parecendo que seu pai tinha sido esculpido em mármore.

Ellis se lembrava de como via seu pai puxar a pele deste e daquele jeito, passando a lâmina pelas cerdas, o som de lixa nas dobras da espuma. E às vezes ele assoviava uma música da época e então *tap tap tap*, a espuma caía na água quente, e os pontinhos pretos grudavam na porcelana branca, e ali ficavam, deixando uma marca em toda a volta quando a água escorria. Ellis naquele tempo achava que seu pai podia fazer qualquer coisa e que não tinha medo de nada. E aquelas mãos grandes que gostavam de dar socos no ringue de boxe também eram capazes de gestos bonitos, ao espalhar no rosto e no pescoço o doce aroma almiscarado que o complementava.

Uma vez, naquele doce estado de completude, Ellis se atirou e o agarrou. Um breve momento de posse antes que seu pai o segurasse pelos braços e o atirasse para longe, antes que o barulho da porta batendo substituísse imediatamente o *tap tap tap* carinhoso. E Ellis se lembrou de ter pensado que daria tudo para ser como seu pai, absolutamente tudo. Antes que a dor dessa lembrança o impedisse de se aproximar dele de novo.

Não sabia por que pensava nisso agora, deitado em sua cama, engessado da mão até o cotovelo, e só conseguia deduzir que era porque, mais cedo no hospital, a enfermeira perguntara se havia alguém que ela pudesse avisar.

Não, ele dissera. *Meu pai viajou de férias para Bournemouth com a mulher dele, Carol. Ela usa um perfume forte. É por isso que eu sei se ela esteve por perto. Eles sempre acharam que eu não sabia, mas sabia. O perfume, entende?*

Falando bobagens por causa dos remédios.

E agora se encontrava em sua própria cama, olhando para o teto, pensando em todas as coisas que poderia ter feito e que teriam tornado esse momento mais cômodo. No topo da lista, uma Teasmade, a velha máquina de fazer chá. Elas eram feias. Mas úteis. Ellis só queria uma xícara de chá. Ou de café. Algo quente e doce, mas isso talvez fosse apenas o choque vindo à tona. Sentindo muito frio, ele vestiu uma camiseta que encontrou debaixo do travesseiro. O quarto estava em muito mau estado. Todas as coisas que ele nunca terminou. Todas as coisas que ele nunca *começou*. Uma garagem cheia de tábuas de carvalho, esperando havia cinco anos.

    A música da casa ao lado encheu o quarto. Marvin Gaye, sedução à moda antiga. Eram os estudantes. Ellis não se importava, eram uma espécie de companhia; sentou-se e pegou um copo de água. Ele costumava fazer amizade com os vizinhos, mas agora não era muito bom nisso. Costumava entrar e sair da casa deles, mas isso foi antes. Agora seus vizinhos eram estudantes e, no ano seguinte, haveria um outro grupo para não conhecer. Ellis consultou o relógio. Inclinou-se sobre a mesa de cabeceira, pegou um Voltaren e codeína e tomou o resto da água. Tentou exercitar os dedos da melhor maneira possível, mas eles ainda estavam rígidos e inchados. Ele não sabia dizer o que a garrafa de uísque fazia perto da cama. *É a fadinha de novo*, Ellis pensou.

    A música do vizinho se transformou em sexo, e Ellis se surpreendeu, porque imaginou que sexo não fosse algo frequente para os estudantes da casa ao lado. Eles estudavam estatística e, estatisticamente, tinham poucas chances em comparação com os garotos que estudavam literatura ou filosofia. Ou arte. Bem, era o que Ellis achava. Assim eram as coisas, algumas áreas eram mais atraentes. A cama batia contra a parede, eles estavam mandando ver. Ellis se recostou e começou a cochilar, imaginando uma garota se aproximando.

    Quando acordou, o relógio marcava sete horas. Estava escuro lá fora, e as luzes da rua iluminavam o quarto. Podia ser da manhã, mas provavelmente era da noite. Um silêncio absoluto no mundo. Ninguém preocupado com ele. Ellis rolou no colchão e ficou em pé, meio trêmulo. Sentiu-se machucado e mole, dava pra ver uma mancha esverdeada se espalhando por sua coxa. Foi ao banheiro.

    Ao voltar, derramou um pouco de uísque no copo de água. Postou-se junto à janela e escancarou as cortinas. South Park estava coberto de branco, e as ruas estavam vazias. Ellis tomou o uísque e se inclinou sobre os livros. Olhou para a foto dos três: Michael, ele e Annie. Annie adorava seus livros. Foi assim que fez uma surpresa para ela no sexto aniversário de casamento. Ele a levou de olhos vendados desde a biblioteca, onde ela trabalhava, até o que se tornaria sua própria livraria em St. Clemens, e ali tirou a venda e lhe deu as chaves. Michael esperava do lado de dentro, com champanhe, é claro. *Que nome vou dar a este lugar?*, ela indagou, enquanto a rolha saltava pelo chão. *Annie & Co.*, eles sugeriram, tentando fingir que não tinham ensaiado.

Ellis virou os trincos e abriu toda a janela. Estremeceu, não estava preparado para todo aquele frio. Ajoelhou-se e esticou o braço para fora. Apertou os dedos, abriu os dedos. Apertou, abriu. Aplicado, fez exatamente o que a enfermeira lhe dissera para fazer. De repente, sentiu-se cansado de novo, e a cama pareceu distante demais. Ele alcançou o edredom e o puxou. Enrolou-se nele e dormiu no chão.

Acabou acordando por causa do calor do quarto. Estava encostado no aquecedor após uma noite agitada por maus pensamentos. Não fazia ideia de que dia era, mas teve uma lembrança repentina de um telefonema de Carol, a promessa de verificar o aquecimento na casa deles mais tarde. Ellis se sentou e cheirou as axilas. Havia uma coisa embaçada escondida nas fibras; ele se levantou, foi até o banheiro e tomou banho. Sua mão já não latejava tanto, e ele cobriu o braço com uma sacola de plástico, como a enfermeira ensinara.

No jardim, o ar fresco lhe pareceu bom de respirar. O céu azul dissipara o cinza do dia anterior e, por alguns instantes, sob os raios pálidos do sol de inverno, Ellis sentiu a promessa de uma nova estação; a neve já se desmanchara em sua presença. Ellis encostou na parede da cozinha e sentiu o sol no rosto.

Tudo bem, Ellis?

Ellis abriu os olhos. Ficou surpreso com o fato de o jovem parado junto à cerca saber seu nome.

Sim, não muito mal, ele disse.

O que aconteceu?
Ellis sorriu. *Caí da bicicleta.*
Merda, falou o estudante. *Espera um pouco*, e sumiu dentro da casa. Voltou com uma caneca fumegante. *Aqui está. Café.* E ergueu a caneca sobre a cerca.

Ellis não sabia o que dizer. Sentia-se péssimo por causa dos remédios e do sono, mas não era só isso; foi a atitude que o incomodou, a gentileza é que prendeu as palavras em sua garganta. Ele acabou dizendo *Obrigado. Obrigado, seu nome... eu...*

Jamie.

Certo. Jamie. É claro. Desculpe.

Tudo bem, aproveite. Vou voltar pra dentro. Se precisar de alguma coisa, avise.

E o garoto se foi. Ellis sentou no banco. O café estava bom, não era instantâneo, era café de verdade e forte. E aliviou a fome. Ele precisava fazer compras. Não conseguia lembrar quando comera algo mais que uma torrada. Tomou o café e olhou para o jardim. Aquele já havia sido um bom refúgio. Annie imaginara tudo e o transformara em uma paleta sazonal de cores alternantes. Pegava os livros e estudava até tarde, fazendo esboços com suas ideias. Ela dividiu o gramado no meio e plantou flores e arbustos cujos nomes ele jamais conseguia pronunciar. Grama ornamental alta espalhava água com o vento e, em torno do banco, a alegria dos nastúrcios todo verão. Não dá pra matar os nastúrcios, ela disse uma vez, mas ele conseguiu. Todas aquelas ideias brilhantes, delicadas, tinham murchado na sombra de seu descaso. Somente as robustas continuavam debaixo dos arbustos espalhados. Madressilvas, camélias estavam em algum lugar por ali, e Ellis conseguia ver aglomerados espessos de cachos escarlates brilhando como lanternas debaixo do mato cerrado. As ervas daninhas cresciam ao seu redor, ao longo das bordas junto à porta dos fundos e da cozinha. Ellis se inclinou e arrancou algumas, e elas saíram do solo com uma facilidade surpreendente.

Ele sentiu um líquido quente escorrendo do nariz e supôs que estava pegando um resfriado. Procurou um lenço, mas teve de se virar com a barra da camiseta. Ao olhar para baixo, viu sangue. Colocou a mão sob o queixo e conteve o sangue da melhor forma possível. Entrou na cozinha, pegou uma toalha de papel e a apertou contra o nariz com força. Sentou-se no piso frio e se encostou na geladeira. Foi quando estendeu o braço para pegar mais toalha de papel que pensou na mão de sua mulher. Fechou os olhos. Sentiu a mão dela na sua, e a maciez de seus lábios deixando um rastro cintilante em seu braço.

Você tem andado tão distante, ela disse.
Sou um idiota.
É mesmo, e ela riu. O que você tem?
Estou empacado.
Ainda, Ell? Todas as coisas que você ia fazer...
Sinto sua falta.
Vamos lá, querido. Você poderia fazê-las. Não tem nada a ver comigo. Sabe disso, não é, Ellis?
Ell?
Para onde você foi?
Estou aqui, ele disse.
Você continua esmorecendo. Você anda mesmo irritante.
Desculpe.
Eu disse que isso não tem nada a ver comigo.
Eu sei.
Vá atrás dele, Ell.
Annie?

Ele continuou de olhos fechados por um bom tempo depois que ela se foi. Sentiu o ambiente frio, o chão duro. Ouviu os tordos e o ruído persistente do motor da geladeira. Ergueu as pálpebras e tirou a toalha de papel do nariz. Não sangrava mais. Cambaleou e sentiu tanto espaço ao seu redor que quase engasgou.

À tarde a neve tinha praticamente desaparecido, mas ele continuou pelas ruas, porque estavam cobertas de cascalho. Na Cowley Road esperou por uma brecha no tráfego e atravessou. Olhou ao redor à procura da sua bicicleta, porém não a viu. Não conseguia imaginar que alguém pudesse querê-la; não era nenhuma maravilha. Custara cinquenta paus dez anos antes, e já naquela época diziam que o tinham enganado. Hora de mudar, Ellis decidiu, a dor no braço causando uma súbita equanimidade.

Ele se lembrou da noite do acidente, de como se distraíra com uma luz na velha quitanda de Mabel; assim, voltou-se naquela direção e tentou abrir a porta. Estava trancada, é claro, sem sinal de que alguém tivesse andado por ali. Espiou através das marcas opacas de limpa-vidros para o decrépito interior abarrotado de lixo. Era difícil comparar aquele espaço entulhado com o de sua infância. Uma cortina verde desbotada, pendurada nos fundos, separava a quitanda da casa. À direita da cortina, uma mesa. Em cima da mesa, uma caixa registradora, uma vitrola e duas pilhas de discos. A vitrine da frente era composta por sacos de legumes e caixas de frutas. No meio, no lado oposto à porta, uma poltrona cujo cheiro de tangerina poderia ser sentido por quem ali se sentasse. Como era possível que eles três circulassem por aquele espaço com tanta facilidade?

Foi Mabel quem lhe pediu para aparecer na noite em que Michael chegou a Oxford após a morte do pai dele. Um rosto familiar com idade próxima à do neto dela. Ellis se lembrava de ter estado no lugar onde estava agora. Ele e Mabel, o comitê de recepção. Ambos nervosos, ambos calados. As ruas silenciosas por causa da neve.

Durante anos, Mabel continuou dizendo que Michael chegara com a neve porque essa era a única maneira de ela conseguir se lembrar do ano em que ele viera morar em sua casa. *Janeiro de 1963*, pensou Ellis. *Tínhamos doze anos.*

Eles viram o táxi do senhor Khan diminuir a velocidade e parar diante da quitanda. Ele saiu do carro e ergueu as mãos para o céu, dizendo *Ah, senhora Wright! Que coisa maravilhosa é a neve!*.

E Mabel respondeu *O senhor vai encontrar a morte aqui, senhor Khan. Não está acostumado. O senhor se lembrava do meu neto?*.

É claro! E ele se apressou até a porta do passageiro e a abriu. *Que prodígio é seu neto, senhora Wright, com duas malas cheias de livros.*

Venham, venham, Mabel chamou, e os três se juntaram em torno de um pequeno aquecedor elétrico que estava perdendo a batalha contra o frio congelante da noite. O senhor Khan entrou com as malas e desapareceu nos fundos, com passos pesados na escada e no andar de cima. Mabel apresentou os rapazes, e eles se cumprimentaram formalmente com um aperto de mãos e disseram olá, antes que a inibição os reprimisse. Ellis reparou no redemoinho bem na frente do cabelo curto e escuro de Michael e na cicatriz horizontal acima do lábio superior — resultado de uma queda contra uma mesa, ele descobriria depois —, característica que, sob uma luz inadequada, podia dar ao sorriso dele certo ar de escárnio: idiossincrasia que Michael aperfeiçoaria ao longo dos anos.

Ellis foi até a janela. O relógio marcava as horas silenciosamente atrás dele, a luz do café italiano derramava um amarelo na rua branca da frente. Ele ouviu Mabel dizer *Espero que esteja com fome,* e Michael retrucou *Não, pra falar a verdade, não,* e em vez disso ele foi e se aproximou de Ellis. Os dois se olharam no reflexo do vidro, com a neve caindo do outro lado. Eles viram uma freira avançar lenta e cuidadosamente na direção da igreja Santa Maria e São João, que ficava ali do lado. O senhor Khan voltou para a sala e apontou.

Vejam!, ele disse. *Um pinguim!*

E todos riram.

Mais tarde, no quarto de Michael, Ellis quis saber *Elas estão mesmo cheias de livros?.*

Não, só esta, Michael falou ao abrir uma das malas.

Eu não costumo ler, disse Ellis. *O que é isso, então?,* Michael perguntou, indicando o livro preto nas mãos de Ellis.

É meu caderno de desenho. Está sempre comigo.

Posso ver?

Claro, e Ellis o deu a ele.

Michael folheou as páginas, apreciando as imagens com um leve aceno de cabeça. De repente, ele parou. *Quem é esta?,* indagou, mantendo aberta a página com o rosto de uma mulher.

Minha mãe.
Ela é mesmo assim, Ellis?
Sim.
É linda.
É?
Você não acha?
Ela é minha mãe.
A minha foi embora.
Por quê?
Michael deu de ombros. *Apenas foi.*
Acha que ela vai voltar?
Acho que ela não sabe mais onde estou, e devolveu o caderno. *Você pode me desenhar se quiser*, ele disse.
Ok, ele falou. *Agora?*
Não. Daqui a alguns dias. Me faça parecer interessante. Me faça parecer um poeta.

Ellis se afastou da janela. Viu um ônibus se aproximando, atravessou a rua e fez sinal. Sentou nos fundos e fechou os olhos. De repente sentiu-se meio grogue. A desorientação da mistura de memória e medicação.

Ele raramente ia até a casa de seu pai quando não havia ninguém por lá, raramente ia quando apenas seu pai estava lá, na verdade. Fazia qualquer coisa para evitar a comunicação sem palavras com a qual nenhum dos dois se sentia à vontade. Desceu do ônibus antes do ponto e fez o resto do caminho a pé sob um céu que voltava a ficar nublado. O que acontecia com essas ruas que o fazia mergulhar em um estado de ansiedade infantil?

A luz desaparecera por completo quando chegou à porta da frente, e ele foi tomado por uma espécie de pressentimento. Inseriu a chave na fechadura. Dentro da casa o barulho da rua diminuiu, e a luz acinzentada ficou mais escura; já podia ser noite. Sentiu-se nervoso e inseguro, agora era apenas ele sozinho com os anos.

A casa estava aquecida, e isso era tudo o que Carol queria saber, se eles haviam deixado o aquecimento ligado para neutralizar o congelamento iminente. Ele podia ir verificar, mas não foi. A atração perversa do passado levou-o até a sala dos fundos, virtualmente inalterada desde os dias de sua juventude.

A sala ainda estava com o cheiro do jantar. Um assado. Eles sempre comiam um assado antes de viajar porque nunca sabiam como seria a comida no hotel. Esse era o pensamento de seu pai, com certeza. Ellis olhou em volta. A mesa, o guarda-louça — aquela tábua escura de carvalho opressivo —, o espelho, quase nada mudara. As poltronas podiam ter sido reformadas com azul, mas as marcas de melancolia de outrora continuavam ali. Ele abriu as cortinas e olhou para o jardim. Manchas de neve entre as pedras. Flores de açafrão roxas e desconsoladas, e a fábrica de automóveis mais além mostrando um crepúsculo falso. Ellis percebeu que o carpete fora trocado, mas a tonalidade opressiva do marrom, não. Talvez Carol tivesse batido o pé. Talvez houvesse dito "Ou ele ou eu". Talvez Carol fosse o tipo de mulher que podia fazer essas exigências sem repercussão. Ellis parou diante da parede oposta à porta, onde costumava ficar pendurado o quadro de girassóis de sua mãe.

Ela sempre parava diante do quadro e, não importando o que estivesse dizendo ou fazendo naquele exato momento, estacava na presença das cores amareladas. Era seu consolo. Sua inspiração e confessionário.

Uma tarde, não muito tempo depois de Michael ter vindo morar em Oxford, eles voltaram para casa juntos, e foi a primeira vez que Dora e Michael se encontraram. Ellis se lembrava de como ficaram encantados um com o outro, como começaram a conversar quase de imediato, como Michael a manobrou sutilmente para ocupar o lugar deixado por sua própria mãe.

Ele se lembrava de como Michael parara boquiaberto diante do quadro dos girassóis e indagara *É um original, senhora Judd?*.

E sua mãe retrucara *Não! Meu Deus, não... Como eu gostaria que fosse! Não. Ganhei numa rifa.*

Eu só ia dizer que se fosse um original então poderia ser muito valioso.

Sua mãe olhou para ele e falou *Como você é engraçado.*

Ela trouxe sanduíches da cozinha e colocou o prato diante deles. *Você sabe quem pintou, Michael?*

Van Gogh.

Dora olhou para o filho e riu. *Você contou a ele.*

Eu não, Ellis protestou.

Ele não contou, Michael afirmou. *Eu sei muita coisa.*

Coma, ela disse, e os garotos atacaram o prato.

Ele cortou a própria orelha, Michael comentou.

Isso mesmo, Dora falou.

Com uma navalha, completou Michael.

Por que ele fez isso?

Quem sabe, filho?, disse sua mãe, suspirando.

Loucura.

É mesmo, Michael?

Eu cortaria algo mais discreto, disse Michael. *Como um dedo do pé.*

Está certo, está certo. Dora balançou a cabeça. *Já chega. Você sabe de onde veio o Van Gogh, Michael?*

Sim. Da Holanda. Como Vermeer.

Está vendo, mamãe? Ele sabe mesmo muita coisa.

Você está certo, confirmou Dora. *Holanda. E as cores com as quais ele estava familiarizado eram os tons de terra, as cores escuras, como marrons e cinza. Tons escuros de verde. E a luz era parecida com esta, monótona e pouco inspiradora. Van Gogh escreveu para o irmão, Theo, dizendo que gostaria de ir para o sul, para a Provença, na França, em busca de algo diferente, de uma nova maneira de pintar. Para se tornar um pintor melhor.*

Gosto de imaginar como deve ter sido para ele sair da estação de trem em Arles e dar com aquela intensa luz amarelada. Ele mudou. E como não mudaria? Como é que alguém poderia não mudar?

A senhora gostaria de ir para o sul, senhora Judd?, Michael perguntou.

Dora achou graça e disse *Eu gostaria de ir para qualquer lugar!*.
Onde fica Arles?, indagou Ellis.
Vamos descobrir, e sua mãe foi até o guarda-louça e pegou um atlas.

As páginas se abriram pesadamente na América do Norte com uma nuvem de poeira. Ellis se inclinou para a frente, com países, continentes e oceanos desfilando à sua frente. Sua mãe foi diminuindo o ritmo ao chegar à Europa, e parou na França.

Aqui estamos, ela disse. *Perto de Avignon. Saint-Rémy e Arles. Foi aqui que Van Gogh pintou. Ele foi em busca de luz e sol, e encontrou ambos. E fez o que se propusera fazer. Pintar usando cores primárias, e também suas complementares.*

O que é uma cor complementar, mãe?

Cores complementares são aquelas que fazem com que a outra se destaque. Como azul e laranja, informou Dora, como se estivesse lendo um livro.

Como eu e Ellis, disse Michael.

Sim, ela sorriu. *Como vocês dois. E quais são as cores primárias?*

Amarelo, azul e vermelho, disse Ellis.

Isso mesmo.

E as cores secundárias são laranja, verde e violeta, completou Michael.

É isso aí! Dora olhou para os dois. *Então, quem quer bolo?*

Ainda não chegamos aos girassóis, Michael deu de ombros.

Não, não chegamos, ela falou. *Você tem razão. Bem, Vincent queria montar um estúdio de pintura no sul porque desejava ter à sua volta amigos e pessoas com ideias semelhantes.*

Acho que ele devia se sentir muito só, Michael sugeriu. *Essa coisa da orelha e da escuridão.*

Também acho, disse Dora. *O ano era 1888, e Vincent esperava outro pintor, um homem chamado Paul Gauguin, que iria se juntar a ele. Dizem que, muito provavelmente, Vincent pintou os girassóis para decorar o quarto de Gauguin. Vincent fez várias versões da pintura, não apenas esta, o Vaso com quinze girassóis. Mas é uma ideia adorável, não? Há quem diga que não é verdade, mas gosto de pensar que é: pintar flores como sinal de amizade e boas-vindas. Homens e meninos deveriam ser capazes de fazer coisas bonitas. Não se esqueçam disso, vocês dois*, e ela desapareceu na cozinha.

Os garotos ouviram os sons de um bolo sendo colocado em um prato, a gaveta dos talheres sendo aberta, a felicidade de Dora em uma canção. *E vejam como ele pintava!*, Dora comentou, de repente levada de volta à sala por um novo pensamento. *Vejam as pinceladas, dá pra ver. Grossas e robustas. Quem quer que tenha copiado isso, também copiou seu estilo, porque ele gostava de pintar rápido, como se estivesse captando algo. E quando tudo se junta — a luz, o cor, a paixão, é...*

O barulho da chave na fechadura a fez calar-se. O pai de Ellis passou por eles em direção à cozinha. Ele não disse nada, mas fez barulho. Chaleira no fogão, xícaras, gavetas abrindo, fechando.

Vou sair esta noite.

Está certo, disse Dora, vendo-o passar com uma caneca de chá.

E quando tudo se junta?, Ellis quis saber.

É vida, sua mãe completou.

No domingo seguinte, a neve caiu com força e ficou. Dora levou os garotos até Brill com o tobogã atrelado no carro. Era a primeira de muitas lembranças de como Michael procurou chamar a atenção de Dora naqueles primeiros dias, de como ele se agarrava a cada uma de suas palavras como se fossem apoios para as mãos na borda de um penhasco. Michael disse que precisava ir na frente porque sentia enjoo quando andava de carro e, durante todo o trajeto ficou elogiando a maneira como Dora dirigia e seu estilo, conduzindo a conversa de volta aos girassóis e ao sul, de volta à cor e à luz. Se soubesse como trocar as marchas do carro para ela, Ellis tinha certeza de que ele teria feito isso.

Sua mãe saiu do automóvel e abotoou o casaco. Ela disse *Não se esqueçam de olhar em volta quando chegarem ao topo. Observem tudo como se fossem pintar. Talvez vocês nunca mais tornem a ver uma quantidade de neve como esta. Observem como ela muda a paisagem. Como muda vocês. Pode deixar*, disse Michael, e foi desatrelar o tobogã, cheio de determinação. Ellis olhou para a mãe e sorriu.

Eles arrastaram o tobogã pelos montes de neve nas beiradas íngremes e inclinações naturais até o moinho de vento, e para a vista de colinas e terras cultivadas que se estendiam ao redor. Podiam ver Dora ao longe. Envolta pelo casaco vermelho e pelo cachecol grosso, inclinada sobre o motor, aquecendo-se, uma pluma de fumaça ondulando no canto de seus lábios vermelhos. Michael ergueu o braço. *Acho que ela não está me vendo*, ele comentou. *Está vendo, sim*, garantiu Ellis, posicionando o tobogã na borda da descida. Michael acenou de novo. E Dora acabou acenando de volta. *Vamos, Michael. Uma última olhada em volta*, Michael falou.

Ellis se sentou e segurou a corda com força, os pés apoiados na tábua da frente. Sentiu Michael sentar atrás de si. As mãos em sua cintura. *Pronto?*, ele perguntou. *Pronto*, Michael respondeu. E os dois arrastaram o tobogã adiante até caírem na descida, e foram jogados para trás ao ganharem velocidade e baterem nas falhas inesperadas, escondidas sob a neve. Ellis podia sentir Michael firmemente agarrado à sua cintura, os gritos em seu ouvido, enquanto sacolejavam colina abaixo, o borrão indecifrável formado pelas árvores ao passarem velozmente pelos que subiam, e de repente o fim da tração, apenas o ar e o voo, e eles foram afastados um do outro, e da corda e da madeira, e caíram no chão, ofegantes e atordoados, tropeçando em um alvoroço de neve, de céu e de gargalhadas, e só pararam quando o solo ficou plano, e eles se juntaram de novo e ficaram quietos.

Pouco depois do seu décimo quarto aniversário, ao voltar para casa, Ellis encontrou sua mãe sentada em silêncio diante do quadro. A cena fez com que ele se lembrasse da igreja, onde observava as pessoas ajoelhadas diante de imagens religiosas, rezando com a esperança de serem ouvidas. Ele recordava que não a incomodara, pois sua atitude e intensidade deixaram-no assustado. Ellis subiu para seu quarto e fez de tudo para tentar esquecer aquela cena.

Mas nos dias que se seguiram ele não conseguiu deixar de observá-la. As saídas para fazer compras obrigavam-na a parar para respirar no meio das ruas que antes cruzava apressadamente. Os jantares antes devorados com prazer eram mordiscados, guardados na geladeira, depois jogados no lixo. E um sábado, quando o pai de Ellis estava no clube de boxe e ele fazia a lição no quarto, ouviu o barulho dos pratos e desceu correndo até a cozinha. Sua mãe ainda estava no chão quando ele chegou e, antes que pudesse varrer a louça quebrada, ela pegou sua mão e falou uma coisa estranha: *Você vai ficar na escola até fazer 18 anos, não vai? E vai continuar desenhando? Ellis? Olhe pra mim. Você...*

Sim, ele confirmou. *Sim.*

Naquela noite em seu quarto, Ellis procurou sinais de algo errado em seus cadernos de desenho, velhos e novos. Os desenhos que fizera um ano antes comparados com os de agora eram a prova registrada, pois ele conhecia o rosto de sua mãe muito bem. Os olhos fundos emitiam uma luz de crepúsculo, não de amanhecer. Ela também estava mais magra, as têmporas acentuadas, o nariz mais proeminente. Mas a verdade era que havia algo em seu toque e em seu olhar, pois quando recaíam sobre ele, não queriam deixá-lo.

No dia seguinte, Ellis se levantou cedo e foi direto até a quitanda de Mabel. Ela limpava a vitrine da frente, ficou surpresa ao vê-lo tão cedo e disse *Michael ainda está no quarto*, e Ellis respondeu *Acho que mamãe está doente*. Mabel parou de fazer o que fazia e o levou de volta para casa. Dora abriu a porta, e Mabel afirmou *Ele sabe.*

O pai de Ellis continuou saindo todas as noites, o que não espantou ninguém. Ele fugia dos medos noturnos de sua esposa e a deixava aos cuidados do filho. Mabel ensinou a Ellis o básico da cozinha e limpeza da casa, e elaborou um cardápio que incluía sobras e um ensopado variável. Depois da escola, Michael voltava com Ellis, e então acendiam o fogo para Dora e a mantinham aquecida e entretida com histórias.

Michael disse *Ouça isto, Dora, ontem a senhora Copsey entrou toda nervosa na quitanda dizendo (ele a imitou) "O que em nome de Deus é aquilo do lado da couve-flor, senhora Wright?." "É quiabo. A senhora Khan me pediu para pegar um pouco", Mabel falou. "Mas eles têm as quitandas deles perto da cooperativa", resmungou a senhora Copsey. "Porém, a senhora Khan gosta de comprar comigo, senhora Copsey." "Pode ser", disse a senhora Copsey. "Mas se lidar com lixo, senhora Wright, vai atrair moscas."*

Ela não disse isso!

Disse!, Michael confirmou. E depois prosseguiu *"Essa gente não sabe o que é ser inglês, senhora Wright". "Mas eles não são ingleses",* Mabel vovó retrucou, *"e a senhora disse a mesma coisa sobre os galeses 20 anos atrás. Bom dia, senhora Copsey. Cuidado com as moscas!".*

E Michael pegou na mão de Dora e eles riram. Ellis se lembrou de como se sentiu agradecido porque a atenção de Michael era instintiva e natural, e ele jamais conseguiria ser assim com ela. Estava permanentemente atento à última despedida.

A doença avançou rápido e, entre cochilos de morfina, surgiriam breves instantes de consciência em que os dois estariam sempre esperando por ela com uma ideia...

Eu estava pensando sobre cor e luz, Michael disse, *e concluí que nós talvez sejamos apenas isso, Dora. Cor e luz.*

Ou com uma distração...

Veja, Dora, Ellis me desenhou, e Michael mostrou o caderno. Dora estendeu o braço e tocou a cabeça do filho, e disse que ele era muito inteligente e desenhava muito bem. *Não pare nunca, entendeu? Prometa.*

Prometo.

Faça com que ele prometa, Michael.

Pode deixar, Dora.

Dois meses após as primeiras suspeitas de Ellis, sua mãe foi para o hospital. Ao deixar a casa, ela disse *Nos vemos depois, Ell. Não esqueça de tomar banho e não se esqueça de comer.*

Foi a última vez que ele a viu.

O vazio da casa era opressivo, e Ellis não conseguia se libertar do pânico repentino que o assaltava quando as cortinas estavam fechadas. Havia dias em que sentia um perfume, que não era o de sua mãe e embrulhava seu estômago. Por fim, ele fez uma mala e foi para a casa de Mabel. Ellis nunca teve certeza de que seu pai percebera que ele tinha ido embora.

O trabalho na quitanda nos fins de semana era uma boa distração, e trouxe seu apetite de volta. Mas a rotina de cuidados que voltara a sentir era a verdadeira maravilha silenciosa. Estava mais alto. Era o que todos diziam.

Ele e Michael estavam na quitanda no dia em que Mabel voltou do hospital e contou que Dora morrera. Michael subiu correndo para o quarto, e Ellis quis ir atrás dele, mas suas pernas não se mexeram, um breve instante de paralisia que marcou o fim da infância.

Ellis?, Mabel chamou.

Ele não conseguia falar, não conseguia chorar. Ficou mirando o chão, lutando para se lembrar da cor dos olhos de sua mãe, algo a que se apegar, mas não era capaz. Só depois Michael lhe diria que eram verdes.

No dia do velório, eles mantiveram silêncio junto à mesa de jantar fazendo sanduíches. Ellis passando manteiga, Mabel colocando o recheio, Michael cortando. O único som da sala vinha de seu pai, que lustrava as botas de couro. O barulho irritante das cerdas passando na ponta. O som da cuspida, breve e incessante, sob o barulho do relógio que marcava as horas. O carro fúnebre parando lá fora.

Na capela Rose Hill, Ellis sentou na frente, ao lado de seu pai. O órgão parecia alto demais, e o caixão de sua mãe, pequeno demais. Ele sentiu o mesmo perfume que sentira uma vez em casa, e, quando se virou, sentada atrás dele estava uma loira oxigenada com um sorriso amável, e ela se inclinou para a frente e sussurrou *Não esqueça, Ellis, seu pai precisa de você*. Uma declaração tão chocante para Ellis quanto a morte de sua mãe. Ele se levantou, um gesto tão instintivo que o pegou de surpresa. Anos depois passou a acreditar que a coragem necessária para sair da igreja naquela tarde, em meio aos olhares e sussurros, acabou com sua cota para a vida inteira.

Pegou uma carona até o rio, e o homem que dirigia o carro disse *Alegre-se, rapaz! Parece que você esteve num velório*. E Ellis informou que tinha estado, que era da sua mãe, e o homem falou *Jesus!*, e depois não disse mais nada. Ele o levou até Iffley Lock e lhe deu uma nota de cinco quando desceu do veículo. Ellis perguntou para o que era o dinheiro, e o homem respondeu que não sabia. *Apenas pegue*, ordenou.

Ellis atravessou a eclusa e caminhou até a prainha, o lugar a que ele e Michael mais gostavam de ir. As árvores tinham passado pelo outono e deveria estar frio, mas uma brisa quente fora de época o seguiu sob a Donnington Bridge, reunindo gansos, estimulando-os a voar.

Na prainha Ellis constatou que estava sozinho. Sentou-se perto dos degraus. O chamado dos patos, o barulho de um trem, remos batendo na água: a vida seguindo seu curso. Ficou pensando em quando o sol voltaria a brilhar forte de novo. Uma hora depois, Michael gritou para ele da ponte e correu em sua direção. Quando ele chegou perto, Ellis indagou *O que faremos sem ela?*.

E Michael respondeu *Vamos continuar e não vamos desistir*. E ele se ajoelhou e o beijou. Foi o primeiro beijo deles. Algo bom em um dia ruim.

Eles permaneceram sentados em silêncio, sem falar de morte, ou do beijo, ou de como a vida iria mudar. Ficaram observando as várias cores do sol e as sombras profundas que espiavam sua dor, e a vívida melodia dos pássaros emudeceu lentamente até uma quietude inimaginável.

Ellis nunca soube o que o levou a olhar para cima, mas quando olhou, seu pai observava os dois da ponte. Ele não sabia por quanto tempo seu pai estava ali, mas sentiu um nó na garganta. Seu pai não vira o beijo, mas a proximidade de seus corpos não podia ser ignorada. Joelho encostado no joelho, braço encostado no braço, as mãos dadas fora da vista, ou assim achava ele. Seu pai continuou onde estava e gritou *Venham, vamos embora!*. E quando os dois se aproximaram, sem olhar para eles, seu pai se virou e começou a andar.

Leonard dirigia mal, pulando marchas, brecando repentinamente, um milagre que nunca tivesse matado ninguém. Parou diante da quitanda para deixar Michael, e quando Ellis ia descer do carro, ele ordenou *Esta noite, não. Você vai. E você fica.*

Eles se mantiveram calados a caminho de casa, um silêncio opressivo. A dor no estômago de Ellis foi aumentando, ele se sentia à deriva com aquele homem. O homem que não o conhecia, o homem que acabara de parar no meio de uma rotatória, que estava caído sobre o volante enquanto soavam as buzinas, que não parava de dizer *Merda, merda, merda!*. Ellis abriu a porta do carro e começou a andar.

Caminhou sem rumo até cair a noite. Comprou fritas e comeu na rua, sentado contra um muro. Sua mãe ficaria envergonhada. Só voltou para casa quando teve certeza de que o pai estaria desmaiado na cama ou no chão.

Encontrou as luzes acesas quando entrou. Sem fazer barulho, colocou o pé no primeiro degrau quando uma voz o assustou e o levou de volta à escuridão da sala da frente.

Aqui, disse seu pai, acendendo a lâmpada do abajur ao seu lado. Levantou-se do sofá, e a capa de plástico fez um ruído. Em sua mão, um dos cadernos de desenho de Ellis.

Você está se tornando um molenga, ele disse, folheando as páginas. *Veja só que molenga você se tornou,* e atirou o caderno pela sala. Que abriu em um desenho de Michael. *Vou lhe dizer uma coisa. O que você quer fazer e o que você vai fazer são duas coisas muito diferentes. Você vai sair da escola no ano que vem.*

Não vou, Ellis retrucou.

Consegui uma vaga de aprendiz pra você na fábrica.

Mamãe falou...

Ela não está aqui.

Me deixa ficar até completar 18 anos. Por favor.

Em guarda.

18. Farei qualquer coisa depois.

Em posição. De. Guarda. Como. Eu. Ensinei.

Ellis ergueu os punhos, relutante. Viu seu pai pegar as botas de trabalho e colocar uma em cada mão, com as solas de couro duro voltadas para o filho.

Agora, bata.

O quê?

Esmurre minhas mãos.

Não.

Esmurre minhas malditas mãos. Esmurre. Eu disse pra esmurrar.
E Ellis esmurrou.

Ele mal conseguiu segurar o telefone, quanto mais discar. Mas trinta minutos depois Mabel estava na porta, a camisola aparecendo sob o casaco. Ellis se lembrava de como ela entrou na casa e disse a Leonard Judd que ficasse longe dela e não falasse até que ela mandasse. Então, subiu com Ellis, colocou algumas roupas e livros da escola em uma mochila. Em seguida, levou-o até a van e voltou para a quitanda.

Quando parou em um semáforo, ela disse *Dê tempo ao tempo, Ellis.*
Mamãe queria que eu me dedicasse à minha arte, Mabel.
Você não precisa de uma tela para isso, querido. Conheci um rapazinho certa vez que trabalhava naqueles carros como se ele os tivesse esculpido com as próprias mãos. Conforme-se, meu garoto. Conforme-se.

Eles pararam na frente da quitanda. A luz fraca da cozinha passava pela cortina dos fundos. Mabel falou *Enquanto eu estiver aqui você sempre terá um lar. Entende? Esta é sua chave. Vou deixar no gancho da cozinha. E quando estiver pronto, pegue.*

Obrigado, Mabel.

O relógio da cozinha marcava 2:17. Mabel abriu a geladeira e embrulhou cubos de gelo em um pano. *Segure firme nas mãos, Ellis,* e ele pegou o pano e subiu a escada atrás dela.

Disse boa noite na porta do quarto de Mabel e continuou a subir até o quarto de cima. Abriu a porta e, no recinto escuro, sentiu o cheiro de Michael. Conseguiu ver a silhueta escura do corpo sentado na cama. Aproximou-se e sentou ao lado dele.

Meu pai vai me obrigar a sair da escola. Vou para a fábrica. Como ele. E como os outros que...

Shhh, disse Michael, pegando o gelo e segurando-o contra sua mão. *Ele vai mudar de ideia. Vamos fazer com que mude. Mabel fará isso.*

Você acha?

Eu acho.

E quando toda a casa ficou em silêncio, eles dividiram a cama. Eles se beijaram, tiraram as camisetas. E Ellis não conseguia acreditar que um corpo pudesse lhe causar uma sensação tão boa quando, uma hora antes, ele estava completamente desesperado.

Três meses foi o tempo que levou para Ellis se sentir capaz de voltar para seu pai, e quando voltou as circunstâncias haviam mudado. A loira oxigenada estava morando ali, seu perfume era forte e familiar e ela tinha um nome — Carol. Estava sentada na cadeira de sua mãe, e o quadro sumira da parede. *Bem-vindo de volta, filho*, cumprimentou seu pai.

O tique-taque incômodo do relógio trouxe Ellis de volta ao presente. Ele ficou olhando para a parede vazia. Pedaços de um quebra-cabeça, o passado se resumira a isso. Deixou um bilhete na mesa com votos de que seu pai e Carol tivessem tido uma boa viagem. "P.S.", ele escreveu. "Alguma ideia de onde pode estar o quadro da mamãe?"

Ellis fechou a porta da casa, e uma garoa fina deparou com seu rosto. As luzes da rua pairavam sobre a escuridão úmida, e por um instante muito breve ele se perguntou quando os relógios iriam andar para a frente. Ellis sabia que seu estado de espírito ficaria mais leve com o céu.

Ellis saiu da clínica de fraturas com novo gesso no braço e mais seis semanas de licença do trabalho. A liberdade que isso lhe proporcionava melhorou seu ânimo e lhe deu uma determinação que havia muito não sentia. Ele decidiu não ir direto para casa, mas continuar até Headington para fazer algumas compras mais do que necessárias. Comprou carne, peixe e legumes, ingredientes que tentaria usar com criatividade, e uma garrafa de vinho (com tampa de rosca) e pão (fatiado) na padaria. As flores foram uma ideia que teve depois, como o *espresso*, forte, comprado no novo café do outro lado da rua. Pediu em embalagem para viagem, com um pedaço de bolo de banana ainda quente.

O dia continuava nublado, mas não havia ameaça de chuva, por isso Ellis continuou caminhando. Ao chegar perto da Holy Trinity, a sacola de compras lhe parecia pesada, e o machucado na perna o obrigou a andar mais devagar. Sentou-se no banco e observou o cemitério da igreja. Imaginara que as sepulturas teriam um ar sombrio, por causa da neve, mas já era março, e os narcisos despontavam orgulhosamente. Ellis podia ver o túmulo de Annie mais à esquerda, mas tomou seu café primeiro e comeu o bolo, que tinha um surpreendente toque de canela.

Aquele cemitério era um dos lugares aonde Annie mais gostava de ir para ler. Era fora de mão, mas no verão ela subia na bicicleta e fazia o esforço. O ar turvo por causa do pólen, o som do órgão ao fundo, o chamado ocasional de um faisão no campo mais além. Foi por isso que decidiram casar ali.

Um casamento, mais real do que perfeito. Era assim que Michael gostava de descrevê-lo, e ele estava certo. O vestido de Annie não era nada convencional. Na altura do joelho, de algodão branco com bordados em azul-marinho, francês *vintage*. Michael a levou até Londres para comprá-lo. Também ajudou com a maquiagem. Cores que realçavam a felicidade do rosto. Annie queria que ele a conduzisse até o altar, mas Ellis já havia decidido que ele seria seu padrinho. *Posso fazer as duas coisas*, Michael garantiu, entusiasmado. O casamento, de repente, girava em torno dele.

No fim, Mabel assumiu a responsabilidade, uma doce invertida nas convenções. *Você, trate de ser bom para ela*, Mabel sussurrou para Ellis ao entregar-lhe a noiva cerimoniosamente.

Como marido e mulher eles voltaram pelo corredor ao som de Maria Callas cantando *O mio babbino caro*, uma escolha muito comentada. Sua voz seguiu-os até a saída da igreja, ao encontro da intermitente luz do sul e de um pequeno grupo de amigos e familiares. Foi lindo, foi teatral. Ideia de Annie e Michael. Tudo o que partia deles era memorável, Ellis concluiu. Na calmaria do ar, os confetes caíam onde eram jogados e, nas fotos que seriam tiradas, cabeças e ombros estariam salpicados de rosa.

Ellis terminou seu café e viu um grupo de turistas americanos procurando o túmulo de C. S. Lewis. *Logo encontrarão a placa*, ele pensou. Levantou-se, pegou sua sacola e enveredou entre as sepulturas até o espetáculo de cor do outro lado da árvore.

Os narcisos exibiam uma mistura de branco e amarelo, e Ellis sabia que eram obra de seu pai. Assim como as não-me-esqueças, ainda por florescer, que cobriam o terreno. O homem era estupidamente literal. Sentiu raiva e pensou que não devia, o gesto era amável. Seu pai adorava Annie. A filha que ele nunca teve, era assim que se referia a ela — sua boca sempre pronta para um clichê. Para Ellis era difícil entender como flores e carinho podiam conviver em um homem tão colérico. Carol tentara explicar a complexidade de seu pai quando ele era mais jovem. *Cai fora*, Len disse, nessa única ocasião. *Eu mereço*, ela falou, e nunca mais tentou.

Culpa. Era o que ele sentia, e por isso estava com raiva. Ellis não se lembrava da última vez em que fora até ali. Sentou-se no chão, apesar de estar úmido. Colocou as rosas cor-de-rosa no vaso central; elas pareciam tão fora de época, pequenas e fechadas, ainda em estado de choque, ele pensou, após a viagem sob refrigeração desde a Holanda. O nome na lápide ainda causava tristeza e incredulidade.

Ele costumava encontrar conforto plantando as flores de que ela gostava. Recordava que até havia escolhido um tema certa vez, somente flores vermelhas ou suas variantes, até perceber que os cervos adoravam comer pétalas brilhantes. Mas estava ali, e isso era o mais importante. Encarou a paisagem severa formada pelas lápides, e ela era real. Ellis ouviu as pessoas comentarem junto ao túmulo de Lewis que ele morrera no mesmo dia que JFK, e elas estavam certas. Mas a morte de Lewis passou despercebida enquanto o mundo lamentava a morte de Kennedy, porque às vezes basta você desviar o olhar e as coisas mudam. E mais ou menos uma vez por mês, coroas de flores enfeitariam novos túmulos, e ele reconheceria o luto. Uma lembrança de que ele e eles não estavam sós.

E então as recordações foram aos poucos se distanciando, e Ellis entrou em pânico. Começou a telefonar para os outros a qualquer hora da noite.

O que Annie preparou quando você veio jantar?

Ellis... você sabe que horas são?

O que ela cozinhou?

O telefone emudeceu. Com o tempo, as amizades também. Apenas Carol continuava na linha.

Ell?

Ele conseguia ouvir o som abafado dela saindo da cama.

O que foi, Ell?

Annie. Ela costumava cantar uma música quando estava cozinhando, e não sei qual era. Não sei que música era, Carol, e preciso saber...

Frank Sinatra, Ell. Fly Me to the Moon.

Fly Me to the Moon!

Ela sempre desafinava no meio...

É mesmo, não é?

Pra falar a verdade, era horrível, se você não se importa que eu diga.

Ah, ela era.

Você se lembra, Ell, de quando nós seis fomos jantar no restaurante italiano que ficava na frente da quitanda de Mabel?

Mais ou menos.

Seu pai ficou na cerveja porque não conseguia pronunciar o nome do vinho.

Ellis deu risada.

Estou sendo grosseira. Acho que era seu jantar de noivado...

É, acho que era.

Você sentou no centro de um lado. E...

Quem estava do meu lado?

Michael e Mabel. Eu, seu pai e Annie estávamos no outro lado. Eles cantaram várias músicas do Frank Sinatra. As melhores: You Make Me Feel So Young, I've Got You Under My Skin, New York, New York. *Foi aí que você contou que iriam pra lá na lua de mel. E então eles cantaram...*

Fly Me to the Moon, disse Ellis. Annie se levantou, bêbada, e usou a garrafa de vinho como microfone. E Michael se juntou a ela, lembra? Ah, eles estavam tão felizes, Ell. Tão bobos e felizes.

Ellis se levantou e limpou a sujeira da calça. Pegou as compras e já ia embora, mas parou. Pegou uma das rosas do vaso e foi colocá-la no túmulo de Lewis. *Da minha mulher*, ele falou, e caminhou até a saída do cemitério.

Desceu do ônibus em Gipsy Lane sob um céu baixo subitamente ameaçando chuva. A sacola de compras estava esticando, e ele se perguntou se arrebentaria antes de chegar em casa. South Park estava tranquilo, e Ellis poderia fazer uma caminhada pelo bairro se não fosse a sacola. Segurou-a com ambos os braços e acelerou o passo.

Ele não tinha muita certeza, mas parecia haver algo no jardim da frente de sua casa, meio escondida por um arbusto. Quando chegou ao portão, disse *Oi, bike!*. Olhou em volta, mas não viu ninguém para agradecer. Subiu até a Hill Top Road, desceu a Divinity, mas nada. Um gesto de gentileza de um estranho. Ellis se ajoelhou para examinar a corrente e as marchas. Amassados leves perto da borda do pneu, só isso. Girou a roda da frente, e ela rodou com perfeição. Abriu a porta da frente e colocou a sacola com as compras na mesa. Empurrou a bicicleta pelo corredor da entrada e deixou-a ao pé da escada. Mais tarde, naquela noite, levou a bicicleta para a sala dos fundos e colocou-a perto da lareira.

Os dias foram passando com a limpeza do jardim. Trabalho lento, com uma das mãos, que aquietou sua mente e fez com que se levantasse com um propósito. Tomava o café lá fora, planejando a investida do dia, o cheiro de lama e chuva curiosamente estimulantes.

A podadeira ele encontrou na garagem. Assim como as tábuas do piso, empilhadas contra a parede ao lado do carro. O cheiro de carvalho ainda era nítido e perfumado. Tirou uma tábua da pilha e virou-a de lado para ver se estava reta. Inclinou o nariz sobre a superfície. Animou-se com o cheiro de madeira, como sempre. Ellis pensou *Eu poderia colocar o piso na sala dos fundos. Poderia voltar a trabalhar com madeira. Sou bom, habilidoso, ambos disseram isso. Sei fazer algumas coisas.*

Levou um rádio para o jardim, mantendo o volume baixo. Podou a amora silvestre, alguns centímetros de cada vez, e foi recolhendo os galhinhos em uma velha sacola de compostagem. Jamie apareceu do outro lado da cerca e perguntou se ele precisava de ajuda. Ellis agradeceu e disse que não, mas depois Jamie voltou com uma caneca de chá e um prato de biscoitos, passou por baixo da cerca e sentou no banco ao seu lado, e eles falaram de rúgbi.

A rigidez do pulso e do cotovelo impediu que Ellis trabalhasse o dia inteiro e, quando chegou a tarde, ele saiu para fazer o que chamou de rota turística até a cidade. Ao chegar à The Plain e passar pela Magdalen Bridge, cortou pela Rose Lane para chegar aos parques e fumou um cigarro encostado numa árvore derrubada por uma tempestade. Estudantes passavam correndo e turistas sonhando, e, ao se aproximar do Tâmisa, Ellis sentiu um súbito desejo de estar do outro lado.

Ao atravessar a Folly Bridge, as garagens de barcos da universidade emitiam um brilho dourado com os últimos raios da tarde. O trem para Londres partindo ao longe, gansos, a batida de remos na água. Sons atemporais, familiares para ele.

Sentiu-se inexoravelmente atraído para o lado escuro do matagal que ocupava o que já fora um local para banho em Long Bridges, lugar que era seu e de Michael, uma posse que se estendeu até a vida adulta. Fora fechado alguns anos atrás, e ele ficou surpreso com a rapidez do avanço da natureza. Ainda ligados às laterais de concreto estavam os degraus que levavam até a água, mas no fundo os banheiros estavam destelhados e cheios de lixo. Era difícil imaginar que antigamente chamavam esse lugar de A Praia, mas chamavam.

Naquele primeiro verão de sua amizade, quando a temperatura passava dos 21°, eles pegavam as bicicletas e se espremiam entre os corpos na grama. Tomavam banho de sol com os braços atrás da cabeça e se refrescavam nas águas sedutoras do Tâmisa. Ellis se lembrava de como Michael se vangloriava de saber nadar e ele não. Michael dizia que lera tudo sobre natação, acreditando piamente que podia passear pelas palavras, como se fossem um trampolim para o banco da experiência. Mas ele não sabia. Foi preciso outro verão para que Michael aprendesse a nadar. No entanto, ele boiava. Com o rosto virado para baixo no rio, braços e pernas abertos; as pessoas olhavam, e às vezes o riso se transformava em pânico quando não viam nenhum sinal de movimento. *Homem Morto Boiando*, ele dizia: uma posição de sobrevivência depois de uma longa jornada exaustiva.

E quando a tarde derramava suas sombras, eles montavam nas bicicletas, ainda molhados, ainda zonzos, e voltavam com a barra das camisas soltas no ar, e secavam com a brisa no caminho de volta para a quitanda de Mabel. No fim do verão, estavam fortes e bronzeados, ocupando um pouco mais de espaço. No fim do verão, haviam se tornado inseparáveis.

Ellis olhou para cima. Os gansos saíram voando em direção a Iffley, e ele observou sua formação até desaparecerem atrás das árvores. O anoitecer se aproximava rápido, os lagos ficaram escuros e o sol deu lugar a um frio ardiloso. Ellis abotoou o casaco e atravessou a grama molhada em direção à ponte e ao caminho à beira do rio. Nos cantos escuros, poças de água brilhavam como se estivessem começando a congelar, e as chaminés dos barcos do canal soltavam uma fumaça generosa. De uma garagem de barcos mais à frente vinha um estrondoso som de rock. Um jovem solitário em um aparelho de remar acompanhava a batida da música. Estava sem camisa, os músculos bem marcados sob a luz artificial. Ellis parou. Sentiu a presença de Michael junto a si, quase sentiu seu cheiro, os caprichos da saudade. E teve vontade de conversar com ele sobre os anos em que ficaram separados, porque não fez isso quando ele voltou. Ou sobre aqueles momentos da juventude, quando voltavam correndo para um quarto vazio e exploravam nervosamente o corpo um do outro em um pacto de união indefinida que depois lhe causaria tanto vergonha quanto alegria. E sobre aqueles incríveis nove dias na França e os planos que fizeram então — ele os deixaria de lado sem admiti-los, como se nunca tivessem existido, ou como se nunca tivessem sido importantes sem ele jamais entender por quê. Ellis tentara conversar com Annie uma vez. Ela indagara por que estava tão irritado. Ela fazia perguntas que as mulheres faziam aos homens, coisas sobre as quais ele não conseguia falar e que não sabia explicar, não a confusão ou o desconforto que sentia. Mas Ellis se lembrava de que os olhos dela eram afáveis e estavam abertos para ele, e eles diziam *Você pode me contar tudo*, e ele poderia, sabia disso mesmo naquela época. Mas não contou. E agora ali estava ele, olhando para o Belo Remando no Escuro, enquanto as pessoas passavam com seus cachorros e os estudantes confundiam seu olhar com desejo. *Tudo aquilo foi importante*, Ellis queria dizer. *Você foi importante pra mim.*

Eles costumavam ir até ali já adultos, em geral apenas os dois. Annie dizia que eles precisavam de um tempo só para si, ela sempre tentava dar-lhes esse tempo, ainda mais depois do casamento. Ela sentia que as coisas haviam mudado, sabia que Michael tinha segredos. *Quando foi que você o viu pela última vez?*, ela perguntava. *Umas três semanas atrás*, ele dizia.

Jesus, Ell, você precisa agir melhor com as pessoas.

Ellis se lembrou de como ele e Michael caminharam pela beira do rio até os lagos um dia, e, ao chegarem, os dois concordaram que as coisas haviam mudado muito. Era março, mas havia um ar de abandono silencioso naquele lugar. Exibicionistas oportunistas iam até ali para se masturbar. Foi o que Michael disse, com um sorriso sarcástico iluminando seu rosto. Mas Ellis se recordava daquele ar de abandono mais como reflexo de seu estado de espírito.

Foi quando Michael lhe disse que estava indo embora de Oxford. Ellis perguntou *Quando?*. *Logo*, Michael respondeu. *E pra onde você está indo? Não muito longe, Ell. Londres. Mas você vai voltar? É claro que sim*, Michael garantiu. *Todos os fins de semana. Como poderia não voltar?*

E ele voltou. Todos os fins de semana. Até a morte de Mabel, e então não voltou mais. Desapareceu entre os milhões de pessoas que caminhavam pelas ruas lotadas de Londres, e Ellis nunca soube por quê. Ele e Annie tinham um endereço, no início, em algum lugar do Soho. Mas independente do que mandassem, o passarinho voltava de bico vazio.

Temos de parar com isto, Annie disse uma noite. *Vá até lá e encontre-o.*
Não. Ele que se dane.
E foi isso. Seis anos de tempo perdido.

A ausência de Michael desequilibrou os dois de uma maneira que jamais poderiam prever. Sem sua energia e a visão de mundo eles se tornaram o casal acomodado que tanto temiam. Exigiam pouco um do outro, e as conversas deram lugar ao silêncio, apesar de familiar e confortável. Ellis foi se afastando, e sabia disso. Sua mágoa se transformou em raiva, presente quando ele acordava e antes de dormir. A vida não era tão divertida sem Michael. Não tinha tanto colorido sem ele. A vida não era vida sem ele. Se ao menos Ellis tivesse conseguido dizer isso a Michael, talvez ele tivesse voltado.

Por cinco anos eles existiram nesse interlúdio desconhecido, até que alguns adolescentes — estranhamente — trouxeram Ellis de volta à vida. Ele estava em um café, e começou a observar o grupo a uma mesa ao lado. Falavam em voz alta e mexiam uns com os outros; as acanhadas tentativas de parecerem descolados eram as marcas mais encantadoras de sua tolice. Mas Ellis ficou especialmente impressionado com sua curiosidade e atenção, com a interação natural de sua alegria. E anotou em um pedaço de papel todas essas observações, as qualidades, o bom humor, coisas que achava que negligenciara em seu relacionamento. Sentiu-se tão grato a eles que foi até o balcão e pagou outra rodada de bolo e café para todos.

Lá fora, ao passar pela janela, viu os risos e a perplexidade deles diante da bandeja cheia colocada à sua frente.

Foi direto até uma agência de turismo e pediu sugestões de viagem para um destino a três horas de avião de Londres. Mas a viagem deveria incluir — e ele leu em voz alta o que anotara no papel — Prazer, Encantamento, Curiosidade, Cultura, Romance, Sedução.

É fácil, disse o agente de turismo.

E um mês depois estavam em Veneza.

O impulso súbito fez com que voltassem a andar de mãos dadas e corressem atrás dos *vaporetti* que já haviam partido. E eles se esconderam em um hotelzinho, respiraram os ares das antigas lagunas e, na esquina silenciosa de uma *osteria* ou largados em uma cama com o baque do orgasmo em suas gargantas, eles se reencontraram.

Um dia acordaram com o barulho da sirene para alagamentos, um som estranho nas primeiras horas do dia. Eles se levantaram e saíram. A névoa encobria a laguna, com o sol surgindo no céu, ardente, vermelho e lindo. As passarelas haviam sido estendidas, e os dois foram caminhando meio atordoados e tomaram café no mercado do Rialto, só um pãozinho, mas depois decidiram tomar vinho em vez de um *espresso*, e foi perfeito. E depois saíram andando. Pegando informações com grupos de turistas, parando nas pontes debaixo do sol pleno em uma breve pausa para espantar o ar frio, com a sinfonia musical permanente da água nos canais.

Spaghetti alle vongole no almoço, seu prato favorito, e mais vinho enquanto Ellis lia trechos de um exemplar surrado do guia *Venice for Pleasure*. *Vamos voltar para o hotel*, Annie falou sorrindo. *Daqui a pouco*, disse Ellis. *Precisamos ir a um lugar primeiro*, e ele pagou a conta, pegou-a pela mão e foram caminhando devagar até San Rocco e o coração pulsante de Tintoretto.

Na Scuola Grande se maravilharam com as imagens da Bíblia acima e ao lado deles. A beleza, a angústia da humanidade surpreendeu-os e os silenciou. No andar de cima, Annie sentou-se em uma cadeira e chorou.

O que foi?, Ellis quis saber.

Tudo, ela disse. *Tudo isto e o vinho no café da manhã, você e eu. Nós. Saber que estamos bem e que também podemos ser bobos. Ele nos ensinou a ser bobos.*

Ellis sorriu. *Sim, ele nos ensinou.*

E eu te amo e não precisamos nos acomodar, não é?

Não, não precisamos.

Ainda penso nele, sabe? E só quero saber que ainda somos importantes pra ele. Estou sendo egoísta, eu sei. E Ellis disse *Também penso nele.* E ela o beijou e garantiu *Sei disso. Nós o amamos.*

Eles voltaram para o hotel e dormiram com o crepúsculo veneziano. Acordaram na mesma posição e abriram os olhos com o barulho de copos tilintando no bar abaixo. Desceram e ocuparam uma mesa perto da janela. O frio se arrastava pelas *calli*, e os gondoleiros cantavam para os turistas. Alguém acendeu o fogo na lareira, e eles se deram as mãos por cima da mesa, e conversaram sem parar sobre coisas sem importância, e riram e foram os últimos a deixar o bar. Tiraram a roupa, mas não se lavaram. Desligaram a luz e dormiram abraçados. E se despediram de uma cidade refletida em bilhões de ondulações da água.

Três semanas depois, Michael voltou para eles como se tivesse escutado seu lamento através do mar. Entrou da mesma maneira como saíra, sem dar muitas explicações e com o sorriso sarcástico no rosto. E, por algum tempo, voltaram a ser eles novamente.

A música na casa ao lado começou cedo e alto. Ao olhar para o jardim vizinho Ellis viu três latões cheios de gelo. Aquilo prometia durar a noite inteira, ele imaginou, e ficou nervoso. Jesus, que diabos estava fazendo? Jamie o convidara, depois de se desculpar. Disse algo como *Vamos dar uma festa esta noite, Ellis. E desde já peço desculpas pelo barulho. Está convidado se quiser aparecer.*

Ele examinou as poucas peças de seu guarda-roupa. *Seja simples*, Annie teria dito. Jeans, tênis, camisa azul-clara. Com ou sem meias? Olhou para os calcanhares. Meias, ele decidiu. Afastou-se do espelho e passou os dedos pelo cabelo. Torceu para não ter de dançar, porque nesse caso precisaria ir embora.

O champanhe estava na geladeira havia um ou dois anos, comprado num impulso para melhorar seu humor, mas não conseguia enfrentá-lo, porque nunca bebera champanhe sozinho, de forma que a garrafa acabou no fundo da geladeira junto com um vidro escuro de cebolas em conserva, que teve medo de abrir. Ellis pegou a garrafa, saiu pela porta dos fundos e se encolheu para passar pelo buraco no fundo da cerca. Não sabia por que tinha feito isso, poderia ter dado a volta pela frente e tocado a campainha, como qualquer pessoa normal. Tornara-se um animal recluso.

Encontrou Jamie na cozinha. O rapaz se alegrou ao vê-lo e disse algo como *Vejam quem está aqui! Pessoal, este é o Ellis. Tudo bem, Ellis? Oi, Ellis. Prazer em te conhecer, cara* etc. etc. etc. A música estava bem alta, e Ellis teve dificuldade para entender o que as pessoas diziam. Ele sorriu bastante, abriu o champanhe e saiu para o jardim com seus novos amigos. Perguntou a Jamie que música era aquela, e ele disse que era do Radiohead, *High and Dry*. Ele quase não ouvia mais música, mas gostou daquela, e pensou que até poderia comprá-la. *Quem é mesmo?*, ele perguntou.

O champanhe fez com que se sentisse ridiculamente ousado (rapidamente bêbado) e, antes de perceber, Ellis concordara em contar uma piada, e todos aqueles olhares jovens se voltaram para ele. Ellis pensou um pouco.

Como você faz uma mesa de sinuca rir?, ele indagou.
Silêncio.
Cutuca suas bolas.

Entre o final da piada e antes das risadas houve uma quietude que lhe deu vontade de voltar pra casa, assistir televisão, esse tipo de coisa; mas então vieram as gargalhadas e, em meio às risadas, as pessoas repetiam o final da piada, e Ellis assim escapou de um fim de noite prematuro. Colocaram um baseado em sua mão e encheram de novo o copo que estava na outra, e Jamie se inclinou em sua direção para dizer que estava feliz de verdade por ele ter vindo. E Ellis afirmou que também estava. Então, Jamie contou que ganhara 20 paus em uma aposta. Ellis quis saber *Que aposta?*. E Jamie falou *Ninguém achava que você fosse aparecer. Você é um enigma, cara.*

O baseado começou a fazer efeito, e Ellis fugiu da multidão no jardim e entrou para encontrar um lugar tranquilo para fumar, caso viesse a ter alucinações. Temia o que poderia vir à tona.

A sala da frente estava vazia, no escuro, iluminada apenas pela televisão, que emitia a cor azulada de um vasto oceano. Ellis pegou uma almofada do sofá, colocou no chão perto da tevê e deitou. Olhou para cima. Golfinhos pulavam sobre ele. Ellis sorriu e aspirou, enchendo o pulmão com a fumaça doce e espessa.

Então ela apareceu na sala. A porta abriu e ela parou ao lado do batente, uma presença sombria acentuada pela luz amarelada do corredor. Ela fechou a porta, confinando os dois ali dentro, sozinhos. Ellis a viu se aproximar, sem que a escuridão lhe permitisse enxergar seu rosto, mas suas feições ficaram mais nítidas quando ela se inclinou sobre ele e perguntou se poderia fazer-lhe companhia. Ellis sentiu o cheiro de sua pele, e poderia ser o sabonete, ou talvez o creme que ela usava, mas era um cheiro divino. Ele a achou bonita. E jovem demais. Ela colocou uma almofada perto dele e deu uma tragada. Eles disseram seus nomes, mas Ellis esqueceu o dela na hora, porque estava nervoso, e contou tudo o que sabia sobre golfinhos e sua capacidade de empatia, e ela disse *Ahã, hã, ahã, hã*, e se inclinou sobre ele e soprou fumaça na boca de Ellis. Seu cabelo caiu em cima dele, e cheirava a eucalipto. Ellis percebeu sua animação, a brutal honestidade de seu desejo.

Ela colocou a mão em seu peito, e ele achou que seu coração fosse explodir, e se envergonhou, porque sabia que ela podia sentir.

Você parece assustado, e ela riu.

Lontras marinhas nadavam nos olhos dele.

Ela desabotoou-lhe a camisa e passeou com os dedos por seu tórax, deslizando até sua barriga. A sensação era sublime e provocou dor, e Ellis a deteve dizendo *Agora chega*. Ele beijou a mão dela. *Agora chega*, Ellis repetiu.

Está certo, ela concordou e abotoou-lhe a camisa. *Mas posso ficar com a mão aqui? Isso pode?*

Tudo bem, ele disse, e pegou no sono com a mão dela em seu peito, enquanto as lágrimas escapavam pelos cantos de seus olhos.

Já era manhã. Ela havia ido embora. Ellis estava deitado no chão de uma sala estranha perto de um aparelho de tevê sentindo a persistente melancolia do doce toque de uma jovem. A casa se encontrava em silêncio. Ele passou por cima de algumas pessoas. No corredor, juntaram-se o som de roncos e atos sexuais, e uma conversa telefônica abafada pela mão. Nos quartos escuros, a luz ocasional da tela de um computador ou de uma televisão portátil, sem som. No jardim, os latões estavam cheios de água e garrafas vazias. Ellis se arrastou por baixo da cerca, um gato voltando para casa. Foi direto para o banheiro e lavou as mãos e o rosto; o azul dos olhos se destacava no branco avermelhado. Desceu a escada e preparou um *espresso* na cafeteira italiana que ele e Annie haviam trazido de Veneza. No fundo do armário, encontrou um pacote fechado de grãos de café, e teve que procurar o moedor elétrico, porque como tantas outras coisas tinha ido parar no fundo.

Tomou o café no jardim, que começava a despertar. De repente percebeu que os relógios tinham avançado e que estavam oficialmente na primavera, e os pássaros faziam barulho porque sabiam. Ele desabotoou a camisa e se arrepiou. Esfregou o gesso com a mão, sobe o número de telefone escrito com tinta preta. Sobre as palavras: "Ligue pra mim. Você é lindo. Te amo, Becs."

O aniversário de seu pai chegou três dias depois, e Ellis decidiu fazer um esforço. Comprou um gorro novo, um gorro bom, azul-marinho, na Shepherd and Woodward, na High Street.

Ele deu o presente antes da chegada do bolo, e seu pai agradeceu e vestiu o gorro na hora. E foi assim que Ellis soube que ele gostara. Leonard ajustou o gorro e mudou a ponta de um lado para outro até deixá-la cair sobre a orelha. Ele se sentou à mesa todo sorridente com o gorro, e Carol disse *Combina com você, Len. Agora, mostre o cartão*, e Leonard mostrou o cartão de aniversário, uma imagem de um ovo de aspecto ansioso com os dizeres: "Estou quebrando."

Engraçado, ela disse. *O que está escrito aí dentro?* E ele empurrou o cartão para ela por cima da mesa.

Feliz Aniversário, Papai do Ellis, ela falou. Então olhou para Ellis e moveu os lábios num "Obrigada" sem som.

Cantaram Parabéns (Ellis se juntou a eles no finalzinho), e Leonard assoprou as velas sem tirar o gorro. Havia sete velas para um homem de 66. Carol não explicou por que, provavelmente eram todas as que havia no armário. Len cortou o bolo, e Carol lhe disse para fazer um desejo, o que ele fez, e Ellis pensou *Como eu pude um dia ter medo desse homem?*.

Falaram pouco enquanto comiam o bolo, com o som dos garfos raspando os pratos, o ruído dos copos brindando e eles tomando cerveja. A sala ficou quente, e Ellis tirou o suéter, e os cílios de Carol bateram mais forte quando ela olhou para o gesso.

Ellis esfregou o braço instintivamente, dizendo *É só uma brincadeira, Carol. Um colega escreveu isto para fazer piada. Ela não existe.*

Ah, Ell, ela lamentou, parecendo mesmo decepcionada. *Pensei...*

Eu sei, ele sussurrou.

Pensei realmente que você tinha algo pra nos contar.

Na verdade, eu tenho.

Então, fale.

Decidi largar o trabalho. Quer dizer, de uma vez. Depois que tirar isto.

Silêncio.

O som do maldito relógio. O som do seu pai tirando o gorro.

Aqui vamos nós, Ellis pensou. ("Meio apertado", "Seria melhor se fosse marrom." "O que deu em você?" "Ainda tem a nota?")

Assim, sem mais nem menos?, seu pai resmungou.

Não. Não foi sem mais nem menos. Ellis sorriu. *Ponderei muito.*

Com quem você falou?

Bill McAuliffe. Do RH.

Então é oficial.

Sim.

Leonard terminou a cerveja. *Era um emprego para a vida toda, você sabe.*

Ficarei bem.

O que você vai fazer?

Cuidar do jardim, por enquanto. Com uma das mãos, é claro. E piscou para Carol.

Jardinagem?

Eu acho tranquilo.

Seu pai fez cara de deboche e olhou para o copo vazio de cerveja. *E pra ganhar dinheiro?*, ele perguntou.

Ainda tenho o de Michael, Ellis respondeu.

Pare com isso, Leonard, Carol quebrou o silêncio. *Ellis falou que vai ficar bem, e vai ficar. Você deveria estar feliz por ele, e isto é uma ordem. Coloque o gorro de novo. Fique bonito outra vez.*

Ellis ficou no jardim dos fundos, fumando. As luzes da fábrica de automóveis rasgavam o céu ao anoitecer. Ele ouviu a porta dos fundos abrir e fechar. Carol, é claro. Sentiu seu cheiro antes de vê-la. Ele nunca perguntou quando foi que começaram a ter um caso, mas sempre imaginou que tivessem percorrido um caminho paralelo ao casamento de seus pais. Sua mãe tinha o quadro, e Leonard tinha Carol. Chumbo trocado.

Fico feliz por você não voltar pra lá, ela disse. *Alguns foram feitos pra isso, outros não. Acho que você nunca foi, sério. Você trabalha naquela fábrica há muito tempo, Ell.*

Ele concordou com a cabeça.

Tempo demais, acho. Eu sempre disse, quando ele se comportar de maneira diferente, poderei parar de me preocupar. É difícil pra quem nasceu aqui, respirando este ar. Acaba fazendo parte de você, quer você queira ou não. Essas luzes se tornam o amanhecer e o anoitecer.

Mamãe costumava dizer isso.

É mesmo? Nós fomos amigas.

Eu nunca soube.

No começo nós éramos. Mas aí ela se afastou. Quase não saía mais com seu pai. Talvez porque fosse mamãe nova. Acho que ter você era o suficiente pra ela. Dora era uma sortuda, costumávamos dizer.

Ellis colocou o braço ao redor de seus ombros.

Tentei fazer com que ele mudasse de ideia sobre a escola, tantos anos atrás.
Eu sei que tentou, Carol. Sempre fui grato por isso.
Foi difícil pra nós, não foi? Tentar conhecer um ao outro?
Agora nos conhecemos.
Sim.
E você sabe que é boa demais pra ele.
Eu sei, disse Carol, e eles riram.
Você acha que ele está bem?, Ellis indagou, olhando para a casa.
Claro que sim. Mas está acostumado a ser um desgraçado. Ele é daqueles homens que demoram a descobrir que têm um coração. E por isso ele dança bem.
Ele dança?
Quando viajamos. Não dança por aqui, pra que ninguém veja. Diz que tem uma reputação a zelar. "Que reputação?", eu digo. "Foi todo o mundo embora." Ele sabe dançar. E também leva a sério. Acho que Len se imagina num filme quando começa a rodopiar. Você é feliz, Ell?
Feliz?
Por Cristo! Você repete a palavra como se não soubesse o significado.
Eu... sou esperançoso.
Esperançoso... é um bom termo. Você tem um sorriso bonito, Ell.
Annie dizia isso.
A vida às vezes dá errado, não é?
E você encontrou o quadro da minha mãe?
Meu Deus, encontramos. Nós não jogamos fora...
Não, tenho certeza de que não.
Vou perguntar pro seu pai. Ele se encarrega desse tipo de coisa. E ela se virou e voltou para a luz da cozinha.

Minutos depois, a porta dos fundos tornou a se abrir, e Leonard apareceu. Ao observar os passos irregulares pelo gramado em sua direção, Ellis achou que seu pai parecia um garoto com o gorro novo e a jaqueta larga, e concluiu que ele se mostrava tão inseguro neste mundo moderno porque não se preparou nem para a velhice nem para as ideias antiquadas.

Você está bem aqui fora?

Sim. E você, está bem agasalhado?

É claro. Estou com um gorro novo. É de lã, não é?

É.

Vejo que você continua fumando.

Sim.

Quando foi que você começou? Nunca perguntei.

19? 20? Deveria parar, eu sei.

Comecei quando era menino. Fumava como os outros chupavam balas.

Certo.

Pedi a Carol pra casar comigo.

O quê? Agora?

Não, seu pai respondeu com um sorriso raro. *Nos últimos 20 anos. Ela sempre disse "não".*

Sério?

Falou que não quer que eu fique dizendo o que ela deve fazer com o próprio dinheiro.

E eu que pensei que ela estivesse sendo moderna..., Ellis brincou, sorrindo.

Sim, isso também. Mas Carol disse que eu precisava da sua permissão primeiro.

Minha?

Por isso estou pedindo.

Pois a tem.

Você pode pensar a respeito...

Não há nada pra pensar.

Mas você pode mudar de ideia depois.

Isso não vai acontecer. Case com ela, pai. Case com ela.

Leonard tirou o gorro e alisou o cabelo. E colocou o gorro de novo. *O quadro está lá em cima*, ele disse.

No andar de cima, Ellis puxou a escada e subiu no sótão. Não se surpreendeu com a limpeza e a ordem. Havia placas espalhadas em um sistema de grade que facilitava a movimentação, e caixas empilhadas com etiquetas de identificação do conteúdo nas laterais: "Revista *Seleções*", "Sapatos", "Extratos bancários". Ele ouviu a voz do pai vinda de baixo *Deixei aí dentro. Não tem como não ver.*

Eu nunca teria deixado de ver! Puta que pariu, Ellis sussurrou. *Está aqui! Encontrei*, ele disse bem alto.

Estava embrulhado em um dos vestidos de sua mãe. Ellis puxou o tecido no canto superior direito, e um girassol inclinado brilhou na penumbra.

Estou descendo, ele avisou. *Aqui está*, e Leonard estendeu o braço e pegou o quadro. *Não se esqueça de pegar também a caixa.* Ellis perguntou *Que caixa?*.

Você vai ver, Ellis. Bem aí, do lado esquerdo.

Ao se virar para a esquerda Ellis viu. Uma caixa de papelão de tamanho médio em cuja etiqueta na lateral estava escrito "Michael".

Carol parou o carro na frente da casa. Ajudou Ellis a levar o quadro e a caixa para dentro e, ao acender a luz da sala dos fundos, ele perguntou se ela queria beber alguma coisa ou tomar um café.

Não, Ellis. É melhor eu voltar logo, e se virou para sair.

Carol?

O que foi, meu amor?

A caixa com as coisas de Michael. Por que ficou com vocês?

Ela parou. *Você nos procurou depois de limpar o apartamento dele, lembra? Você não recorda?*

Não.

Você voltou de Londres e ficou conosco por algumas semanas. Passou a maior parte do tempo dormindo. Por isso guardamos tudo.

Certo.

Foi difícil, Ellis. Um período muito difícil. Seu pai achou melhor evitar acidentes. Como é que ele se referia a essa caixa? A Caixa de Pandora —isso: ele dizia que era a Caixa de Pandora. Len ficou preocupado, tinha medo de que qualquer coisa pudesse fazer com que você desaparecesse de novo. Por isso jamais tocamos no assunto. Deixamos a caixa guardada. Você acha que erramos?

Não, é claro que não...

Se erramos, desculpe...

Vocês não erraram.

Mas agora não precisamos nos preocupar, não é mesmo?

Não, não precisam.

Carol abotoou o casaco. *Vou achar estranho não telefonar amanhã, para ter certeza de que você está bem. Não sei o que farei comigo mesma.*

Ellis a acompanhou pelo corredor.

Venha nos ver, ela disse. *Não se afaste.*

Pode deixar. Ele se inclinou e a beijou.

Fechou a porta. Silêncio. O cheiro persistente de seu perfume e anos perdidos, incompreendidos.

Ellis descobriu a pintura e encostou-a na parede. Era maior do que lembrava. E era uma boa cópia, merecia mais do que o destino insólito de prêmio em rifa de Natal. A única assinatura na frente era "Vincent", em azul. Mas na parte de trás estava a assinatura do pintor: "John Chadwick". Mas ninguém jamais saberia quem era John Chadwick.

Quinze girassóis, alguns em flor e outros caídos. Pigmento amarelo sobre amarelo escurecendo até se tornar ocre. Vaso de cerâmica amarelo decorado com uma linha azul complementar que o corta ao meio.

O original fora pintado por um dos homens mais solitários do mundo, mas em um frenesi de otimismo, gratidão e esperança. Uma celebração do poder transcendental da cor amarela.

Nove anos antes, em 1987, fora vendido por quase 25 milhões de libras na casa de leilões Christie's. Sua mãe teria dito *Eu te disse*.

O jardim adquiria forma sob os olhares de abril. Os canteiros de flores ao longo da cerca e das paredes da casa haviam sido libertados das ervas daninhas e transformados em retângulos perfeitos de terra marrom cultivada. Rosas e trepadeiras sustentavam a parede em ruínas do fundo da residência, e os rododendros apenas cumpriam seu papel, altos e exuberantes em vermelho e rosa. Ellis descobriu uma família de prímulas escondida sob um arbusto sem graça, e transferiu-as para uma área junto ao banco onde costumava se sentar. Gostava de prímulas.

Ele parou para almoçar e comeu lá fora. Um prato com presunto que não precisou cortar, apenas dobrar e colocar na boca com um garfo. Ellis se lembrou do tempo em que não curtia ficar no jardim. Achou que fizera isso como uma espécie de castigo secreto, por ter sido o último lugar em que ele estivera com eles. Decidiu não se aprofundar nesses pensamentos, nesse dia, e começou a descascar um ovo cozido. Um melro se juntou a ele, empoleirando-se no braço do banco. O pássaro passara boa parte da manhã atrás dele, o que o fez pensar na possibilidade de ter um animal de estimação.

No final da tarde, após o banho, Ellis decidiu caminhar por South Park. Sentiu o doce aroma da grama recém-cortada e apreciou o brilho daquelas torres altas à sua esquerda. O sol começava a imergir, mas ainda havia calor, e a luz, ele pensou, era linda. Parou onde os três costumavam assistir à queima de fogos todo outono. Onde costumavam ficar passando uma garrafinha de uísque de mão em mão enquanto os fogos brilhavam e caíam em cascata diante de seus rostos gelados e encantados. Onde, depois, caminhavam pela grama coberta de orvalho, e Michael reclamava dos pés, e então eles seguiam em direção ao Bear, cheirando a fogos e terra. Os três, a respiração se misturando com a névoa, tentando caminhar sincronizadamente. *Esquerda, direita, esquerda, direita. Preste atenção, Ell, você está estragando tudo!*

A todos os lugares aonde ia sabia que eles tinham ido antes.

Ellis parou. Percebeu que sem querer tropeçara em uma cena de romance. Mais à frente, um jovem encostado em uma árvore teve seu pescoço envolvido por um par de braços carinhosos. Ellis não queria estragar aquele momento de intimidade, por isso decidiu passar sem olhar e, ao se aproximar, acelerou o passo.

Mesmo assim, ele se virou. A silhueta da pessoa encostada na árvore lhe era muito familiar e, por isso, para ele foi um gesto instintivo se virar e dizer *Billy?*.

Billy congelou. Em seu rosto aflorou a sombra da vergonha de ter sido flagrado, e ele falou em voz baixa *Tudo bem, Ellis*. Ellis não queria que aquilo tivesse acontecido, não com Billy e seus 19 anos; então, sorriu, foi em sua direção e perguntou *Então este é o Memorial dos Mártires?*.

É, e Billy olhou para cima. *É.*

Ellis se virou para o outro rapaz e estendeu a mão. *Prazer em conhecê-lo. Meu nome é Ellis. Eu trabalhava com o Billy*. E o jovem disse *Eu me chamo Dan*.

Como estão as coisas, Billy?

Tudo bem.

E o trabalho?

Não é o mesmo. Ainda estou no turno da noite, e isso mexe com a minha cabeça. Não sei como você aguentava, Ell.

Sei como é.

Você não vai voltar, vai?

Não.

Que merda, Ell. Vai me deixar na mão. Eu devia ter ouvido você, e não Glynn, aquele babaca imbecil. Você tem de melhorar seu jeito com as pessoas.

Vou melhorar.

Não é fácil ser seu amigo. Jesus! E estou cuidando das suas ferramentas, ele acrescentou.

Ellis sorriu. *É bom mesmo. Elas foram presente de Garvy, e eu as estou dando a você. Continuidade, certo?*

O que você vai fazer?

Ainda não sei. Ellis balançou a cabeça.

Você devia cair fora.

Acha mesmo?

Sim. Tire um ano pra si mesmo.

Ellis riu. *Tá.*

Billy?, Dan falou baixinho.

Eu sei. Temos que ir.
Tá certo.
Billy tirou uma caneta do bolso e rabiscou um pedaço de papel.
Este é o meu número, Ell. Telefone quando quiser.
Farei isso.
Eles seguiram em direções opostas. Ellis estava quase chegando ao portão quando Billy gritou seu nome. Ele se virou e viu os braços estendidos para cima. *Siga a Estrada de Tijolos Amarelos, Ell!*

Siga, siga, siga, siga, Annie e Michael cantavam de braços dados ao longo da Hill Top Road. Junho de 1978. Duas semanas antes do casamento. Michael organizara a despedida de solteiro, juntando as duas festas. *Levem pouca bagagem,* ele disse. *Chinelos, bermudas, esse tipo de coisa.* Ellis ficou observando os dois. As portas da van de Mabel estavam abertas, e Michael tinha à sua frente um grande mapa que a brisa levantava. Ele ouviu Annie perguntar *Pra onde estamos indo, Mikey?*.

Não vou contar, e ele voltou a dobrar o mapa antes de colocá-lo de novo embaixo do banco. *Todos a bordo, por favor,* ele disse. *O último a entrar é mariquinha.*

Ellis pulou para o banco de trás, por último.

Mariquinha!, os dois disseram.

Música, por favor, copiloto.

Annie se inclinou e colocou o toca-fitas no colo. Michael lhe deu uma fita com a etiqueta "Misturada de viagem". Ela colocou o cassete no aparelho e apertou o play: *Heroes*, David Bowie. Eles gritaram. Baixaram os vidros das janelas e cantaram em voz alta no entardecer de verão, deixando para trás as ruas familiares de Headington. Michael acelerou para pegar a A40, e a velha van chacoalhou com o peso e o esforço.

Passaram por Eynsham, Burford, Northleach.

Ouviram Blondie, Erasure, Donna Summer.

Passaram por Bourton-on-the-Water, Stow on the Wold.

Ouviram Abba.

No meio de *Dancing Queen* a van mudou de direção, mas Ellis nada comentou. Inclinou-se para a frente e colocou as mãos nos ombros de Michael. E durante *Take a Chance on Me* ele fez algo incomum e cantou o solo sempre que Agnetha qualquer coisa cantava o solo. E no final da música ele disse *Foi Garvy quem me ensinou isso.*

E eles gritaram *Garvy! Garvy! Garvy!*, e a velha van chacoalhou como se gargalhasse.

O céu ia perdendo sua luz, e Ellis notou Michael consultando o relógio. Em pouco tempo eles depararam com a conhecida paisagem urbana de casa.

Mikey?, Annie falou.

Michael olhou para ela e sorriu.

Eles voltaram por Summertown, por St. Giles. *Não digam nada*, ele pediu. E eles obedeceram. Olharam para os prédios da universidade, iluminados e grandiosos, para os pubs com os estudantes reunidos do lado de fora.

Michael parou o carro na Magdalen Road. Os dois foram atrás dele, entraram e atravessaram a quitanda. A cozinha estava no escuro, silenciosa. Michael abriu a porta dos fundos, e eles chegaram ao jardim, iluminado por dezenas de velas enfeitadas como estrelas. E no meio dessa constelação, duas barracas lado a lado, e atrás das barracas uma grande piscina infantil, onde flutuava um barco solitário com uma velinha acesa. Era simples e bobo, era lindo. Era Michael.

Vou mostrar seu quarto, ele disse, e levou-os até a barraca maior. Ali dentro, dois sacos de dormir unidos por um único zíper. *Posso sugerir um passeio até o lago amanhã?*, Michael perguntou. *Se o tempo permitir, é claro.*

Eles trocaram de roupa imediatamente, pondo shorts e chinelos confortáveis. A noite estava fria; os pulôveres cobriram as camisetas, e Ellis fez uma fogueira cercada por tijolos. Todos se viraram para trás ao ouvir a porta abrir.

Ah, Michael falou, *aí vem a cigana do brejo, a Acendedora das Luzes.*

O que é isso?, Mabel perguntou, com uma garrafa de champanhe na mão.

A cigana surda do brejo, Michael respondeu.

Continuem com o que estavam fazendo, ela disse, e abriu o champanhe. Ellis distribuiu canecas manchadas de chá, e eles beberam dessas canecas e brindaram três vezes.

A vocês dois!, Michael falou.

A nós!, brindou Annie.

Para que nada mude, completou Ellis.

E foi nessa noite que Michael atravessou a rua correndo até o restaurante italiano e voltou com pratos de *spaghetti alle vongole*, que nenhum deles havia experimentado antes. E também com uma garrafa de vinho tinto, Chianti Ruffino, em um cesto. *É chique*, observou Michael.

Na manhã seguinte, Ellis e Annie acordaram com o barulho da chuva. Eles se abraçaram e voltaram a dormir, sentindo a umidade penetrar por baixo da barraca. Ouviram o barulho da porta dos fundos abrindo, chinelos correndo na grama.

Toc! Toc! Café! E Michael desceu o zíper, com seu rosto radiante surgindo na abertura.

Veja só como ele é bonito, Annie falou.

É insuportável, disse Ellis.

Mexam-se, Michael ordenou, com a água escorrendo pela face. Um *cappuccino* e dois *espressos*. Os doces italianos permaneceram miraculosamente secos em seus bolsos.

Passaram a manhã jogando Scrabble e aceleraram o jogo duplicando os pontos para palavrões. Ellis ganhou. Na hora do almoço, a cigana do brejo surgiu trazendo sanduíches de linguiça, e depois as nuvens se afastaram e o sol lançou raios nebulosos em direção à terra. As barracas começaram a ferver. Annie ajudou Mabel com seus sapatos, e saíram todos juntos para remar. *Tudo isto e ainda estamos em Oxford*, Mabel comentou.

Vou acender as velas de novo esta noite.

Faça isso, Ellis, pediu Michael.

E quando a luz se foi, as constelações cintilaram. Ellis sentou-se na piscina com um barco de madeira balançando a seus pés. O barco virou quando Annie e Michael entraram na água.

Não quero me acomodar, disse Ellis, olhando de um para o outro.

Não deixarei que se acomode, Annie prometeu.

Michael deu a ele uma caneca com champanhe dizendo *E eu não vou deixar que se acomode*.

Ellis bebeu. *Onde é que nós estamos mesmo?*, indagou, olhando ao redor.

Na Grécia. Uma ilha chamada Skyros.

Os barcos de pesca se aproximam, interveio Michael. *Vejam. Dá pra ver as luzes chegando à praia.*

E quais são os planos pra amanhã?, Ellis quis saber.

Mais do mesmo, disse Annie. *Ficar na praia. Quem sabe um passeio de bicicleta pela ilha mais tarde. Não queremos exagerar, não é mesmo? Temos muito tempo.*

Era 1º de maio e os estudantes ainda tinham flores no cabelo. Ellis tirara o gesso e estava andando de bicicleta pela cidade, descendo a St. Aldate em direção ao rio. O sol saíra pela primeira vez naquela tarde, e havia uma grande movimentação no caminho ao longo do canal.

Ele virou na direção de Long Bridges, onde o rio era mais calmo, e uma brisa eventual fazia ondular a superfície da água quando Ellis não estava olhando. Ele se distanciou da ponte e foi até o banco de concreto escondido por uma densa sebe de amoras-pretas, e ali se despiu. Teve vergonha, no começo. Sentou na beirada com os pés na água e as mãos no colo. Um grito do timoneiro de um barco a remo do outro lado das árvores e o barulho dos remos cortando a água do rio: esses eram os sons de Oxford na primavera. A visão fugaz das bicicletas passando ao longo do canal à sua esquerda. Ellis entrou na água fria, excitado com a nudez. Sentiu o lodo passando no meio dos dedos dos pés, e quase esperou sentir também os peixinhos cintilantes em torno de seus tornozelos, como antes. Nadou no rastro de um pato-real e sentiu o prazer do sol aquecendo seu braço. Enquanto nadava, teve uma lembrança. Devia ser o último verão com sua mãe. Ellis a viu de novo, deitada no meio das pessoas, na margem do outro lado do rio, e ela ria. Acabara de perguntar a Michael que livro ele estava lendo, e ele o ergueu dizendo *É Folhas de relva, de Walt Whitman*. Michael comentou que estavam estudando a guerra civil norte-americana na escola e precisavam apresentar alguma coisa sobre Abraham Lincoln. Ele decidira escrever um poema sobre a morte de Lincoln. *Não é fácil*, Michael afirmou. *E o livro já foi banido, certa vez, por causa do conteúdo sexual.*

Foi isso que fez sua mãe dar risada. *Conteúdo sexual? Foi isso o que a senhora Gordon da biblioteca te disse, Michael?*

Ela é uma educadora liberal, Dora.

É mesmo? Uma liberal em Cowley? E os porcos podem voar.

É um poema sobre o sofrimento.

Sofrimento?, ela repetiu. E então perguntou *Eles estão preparados pra você, Michael?*.

Pro meu recital?

Não, Michael. Eles estão preparados pra você? O mundo está preparado pra você?

Sorrindo, Michael disse *Não tenho muita certeza*, e começou a ler o poema em voz alta, acentuando a última palavra de cada verso, para garantir que ela ouvisse a rima:

Oh, capitão! Meu capitão! Nossa terrível viagem terminamos;
A toda tormenta o navio resistiu, está ganho
o prêmio que buscamos;
Está próximo o porto, os sinos eu ouço, toda a gente
em grande alvoroço,
Enquanto seguem os olhos a quilha estável, o navio sombrio
e audacioso...

E Ellis se lembrava de ter pensado que jamais conheceria outra pessoa como ele, e esse reconhecimento, ele sabia, era amor. Ellis podia ver sua mãe concentrada nas palavras de Michael, seu arrebatamento. E quando Michael parou, ela se inclinou e o beijou na cabeça, e disse

Obrigada. Porque tudo aquilo a que ela se apegava e tudo aquilo em que ela acreditava se juntaram naquele momento inesperado. A convicção de que homens e meninos eram capazes de coisas belas.

Sua mãe se levantou, e todos os olhares recaíram sobre ela. Dora caminhou até o rio e desceu os degraus até ficar com a água na cintura. Michael correu atrás dela e disse *Dora! Finja que está me salvando de um afogamento*, e pulou na água e nadou até o meio do lago, batendo braços e pernas. E ali ficou esperando por Dora, ignorando os risos que vinham do lado. E a mãe de Ellis fez exatamente o que ele pediu. Nadou até Michael e silenciou a risada de todos. Acalmou-o, falou para ele não ter medo, pegou-o por baixo dos braços e o puxou lentamente, através de todo o lago, pelas ondulações suaves e salpicadas de sol. E durante todo o trajeto, Michael veio recitando:

Oh, capitão! Meu capitão! Ergue-te e ouve os sinos...

Ellis saiu da água e sentou-se na margem. Cobriu o colo com uma camiseta, consciente da possibilidade de uma criança aparecer de repente por ali, e se secou ao sol. Fechou os olhos, e seu corpo relaxou. Perguntou-se mais uma vez por que não fora à palestra com eles naquela noite longínqua. E não afastou esse pensamento, como costumava fazer; ficou com ele, ouviu-o, porque não poderia feri-lo nesse dia, não nesse lugar.

Era uma palestra sobre um livro, só isso, qual era mesmo? Ellis ainda não conseguia lembrar. Eles nem ficaram até o fim, por isso foram encontrados perto de Binsey. Annie adorava ir até lá de carro, por isso ele sabia que havia sido ideia dela, e não de Michael. Ah, Annie. Péssima ideia. Péssima.

Ellis se lembrou de que as tábuas do assoalho tinham acabado de ser entregues, e ele se sentou no jardim, com uma cerveja, olhando para o céu, observando sua quietude, pensando em como seria lindo estar em um avião naquele momento, os três mais uma vez seguindo em direção a um novo horizonte. Ele pensou em música naquela noite — Chet

Baker, trompete, não os vocais —, e também em como era feliz por amar os dois. O fato de ter tido esse pensamento costumava fazê-lo acordar banhado em suor.

Foi nesse mundo que Ellis viveu entre o momento em que tudo aconteceu e o instante em que ficou sabendo. Uma breve janela, ainda não quebrada, enquanto a música ainda tocava, enquanto o sabor da cerveja era bom, enquanto sonhos ainda podiam ser sonhados quando um avião cruzava um céu de verão perfeito.

A campainha tocou, e ele achou que fossem eles, mas não podia ser, podia? Porque os dois tinham a chave. Ellis abriu a porta, e os policiais pareciam jovens demais para trazer más notícias, mas trouxeram. Eles o acompanharam até a sala da frente, onde o tempo evaporou. Ellis pensou que tivesse desmaiado, mas não. Era a vida que ele conhecia desaparecendo.

Os policiais o levaram ao hospital. Sem sirenes ou luzes piscando; não havia pressa, porque já estava tudo acabado. Annie parecia tranquila. Um ferimento na têmpora, uma estupidez, na verdade, que isso tivesse bastado. E quando ele disse para a enfermeira que gostaria de ver Michael, ela lhe falou que o médico logo estaria ali. Ellis se sentou e esperou no corredor junto com os policiais. Eles lhe trouxeram uma xícara de café e um Kit Kat.

O médico o levou para um quarto vazio e lhe disse que Michael fora encaminhado para o necrotério. *Por quê? Isso é normal?* E o médico respondeu *Nessas circunstâncias é normal. Que circunstâncias?*

Encontramos algumas lesões no lado direito do corpo. O sarcoma de Kaposi...

Eu sei o que é.

Michael tinha aids, informou o médico.

Acho que não, e Ellis pegou um cigarro, mas o maldito médico avisou que ele não podia fumar. *Michael teria me contado.*

Ellis saiu dali; queria conversar com alguém, mas não sobrara ninguém. Seu pai e Carol o esperavam no portão da frente. *Fale comigo*, Carol insistia em dizer. *Fale comigo.* Mas ele nunca falou.

Ellis espalhou as cinzas de Michael no trecho de rio que ele mais gostava, de acordo com suas instruções. Estava sozinho. O vento soprava com força nos gramados. Era o final do verão.

Anoitecia. Ellis se acomodou no banco do jardim sob um céu azul cortado por listras douradas e lilases. Da casa ao lado vinha um som de jazz. Os estudantes tinham tomado emprestado a sua coleção de Bill Evans, e preparavam comida. A porta da cozinha estava aberta, e Ellis podia ouvir o barulho das panelas, das garrafas de cerveja sendo abertas, o murmúrio das conversas. Gostava de ficar ouvindo os estudantes, afeiçoara-se a eles.

Sentiu frio depois de tanto tempo no rio. Ainda não tomara banho, e entrou para pegar um agasalho. Estava na poltrona ao lado da lareira, e ele o vestiu imediatamente. Parou diante do quadro de sua mãe e ficou se perguntando, como fizera tantas vezes, o que ela tanto procurava. A pintura parecia serena, então poderia ter sido algo assim tão simples? Serenidade? Achava que não, mas às vezes, pela manhã, quando a luz caía sobre a tela, o amarelo mexia com sua cabeça. Acordava-o, fazia com que se sentisse mais animado. *Era isso, mãe? Era?* Ellis se virou e encostou o pé na caixa de papelão que trouxera da casa do pai. Ajoelhou-se. *Quando?*, ele perguntou a si mesmo. *Se não agora, quando?*

Ellis arrancou a fita adesiva que fechava a parte de cima da caixa e respirou fundo ao vislumbrar uma camisa. Pegou a caixa e levou-a até o banco do lado de fora. Voltou, tirou da geladeira uma garrafa de vinho que consumira até a metade e pegou um copo que vivia no escorredor. Sentou-se no jardim e esperou até seus nervos se acalmarem.

Não tinha ideia do que guardara ou do que jogara fora tantos anos atrás. Mas jamais se esquecera do choque ao perceber quão pouco Michael possuía. Uma cadeira, um rádio. Alguns livros. Seu apartamento era um espaço desolado ou um espaço inteligente. Minimalista ao extremo. Era um lugar de contemplação, e não de distração. Um lugar para pensar.

Ellis tirou as roupas da caixa e colocou-as no colo. A camiseta azul-clara que ele e Annie haviam trazido de Nova York, a gola gasta porque Michael nunca a tirava. Ellis aproximou-a do nariz sem saber o que esperar. O único cheiro era um leve vestígio de sabão em pó realçando o mofo. Uma camisa de linho branca, um suéter de caxemira azul-marinho, milagrosamente intocado pelas traças. Uma camiseta listrada envolvendo um exemplar de *Folhas de relva*, de Walt Whitman. Na página de rosto, a palavras "Propriedade da Biblioteca de Cowley" haviam sido riscadas e substituídas pelo nome "Michael Wright".

Do outro lado da cerca, *My Foolish Heart* tocava pela segunda vez naquele anoitecer. Ellis colocou o vinho no copo e bebeu.

De dentro da caixa, ele tirou um grande envelope e o esvaziou ao seu lado. Uma mistura de quinquilharias de uma gaveta, era o que parecia. Páginas arrancadas de revistas, uma fotografia em preto e branco amassada, ele e Michael pegos de surpresa em um bar na França, bronzeados, invencíveis, aos 19 anos. Outra foto, ele e Annie no dia do casamento, olhando para as nuvens de confete como se fossem flores de cerejeiras. Um convite para um vernissage em Suffolk — Landscapes, de Gerrard Douglas. Uma foto colorida de Mabel e da senhora Khan diante da quitanda, tirada no dia em que a senhora Khan fora trabalhar na Mabel's. Prova de uma rara amizade que durou quase 30 anos. Elas estão com aventais marrons, e cada uma tem o braço em torno da outra; as duas encaram a câmera sorrindo. O cabelo branco de Mabel fora ajeitado com bobes, como sempre, as maçãs do rosto, brilhantes pela simples alegria de viver. Ela jamais se aposentaria. *Pra quê?*, Mabel costumava dizer. E agora cartões-postais — Henry Moore, Francis Bacon, Barbara Hepworth. Um jornal dobrado, um exemplar do *Oxford Times* de 1969. Ellis estava prestes a colocá-lo de lado quando notou que ali estava o primeiro artigo escrito por Michael. Sobre Judy Garland.

No dia em que ela morreu, Ellis lembrava, Michael colocou no toca-discos o álbum do Carnegie Hall. Ele abriu a porta da quitanda e aumentou o volume até o máximo. Era sua forma de homenageá-la. As pessoas se aproximaram e entraram para ouvir, e Mabel distribuiu xerez a todos e algo mais forte para os clientes regulares. Depois, Michael implorou ao *Times* para deixar que ele escrevesse algo, e insistiu tanto que acabaram aceitando que ele escrevesse a respeito de Judy Garland desde que tivesse algum interesse para Oxford. E Michael acabou encontrando uma pessoa em Summertown que assistira ao concerto em 1961 e acabou baseando o artigo — uma combinação de interesse local com fenômeno global — na fã fiel que acabaria transferindo esse amor para a filha. Já era algo, não? *Centro do Universo, esta quitanda*, era o que Michael costumava dizer. *Ah, e éramos. Nós éramos.*

Outra foto, mas essa era de um homem que Ellis não conhecia ao lado de um cavalete. Ele usa short, e seu peito está coberto de tinta. O homem sorri. No cavalete, um retrato de Michael. Na parte de trás da foto, a letra "G".

Um cartão-postal, o *Vaso com quinze girassóis*, de Van Gogh. Lembrança de sua mãe ou de outra pessoa? Um número de telefone anotado no verso. Ingressos de cinema — *Cinema Paradiso, Conta comigo, A garota de rosa-shocking* —, um ingresso para uma apresentação de Michael Clark, um outro para o Prêmio Turner/Tate de 1989.

Do fundo da caixa ele tirou alguns volumes e reconheceu-os imediatamente. Eram os seus cadernos de desenho da infância. Não conseguia acreditar que olhava para eles de novo, porque costumava jogar fora os cadernos quando estavam cheios, por achar que nada era bom o bastante — pelo menos era o que pensava na época. Só havia uma pessoa que acreditava que eram tão bons que mereciam ser salvos: Michael, que vasculhou as lixeiras e guardou os cadernos durante todos aqueles anos.

Ali estava sua mãe. Um desenho simples de seu perfil a lápis, sem sombreamento, apenas uma linha descendo do alto da testa pelo nariz e pela garganta. Páginas desse exercício até conseguir fazer direito. Agora suas mãos, páginas de mãos. E uma aquarela de seu rosto fingindo que dormia, a curva suave de um sorriso no lábio superior vermelho.

Ellis pegou outro caderno: Michael. Quantos anos ele teria? 14? 15, talvez. Calça jeans baixa, camisa pra fora e pés descalços. Os dedos nas passadeiras do cinto, sério e pensativo. *Me faça parecer interessante*, ele costumava dizer. *Me faça parecer um poeta.*

Meu Deus! Ellis encostou as costas no banco e fechou os olhos. E ouviu uma conversa sobre azeite na cozinha vizinha.

Tomou o vinho e colocou mais no copo. Quando se refez, apanhou outro caderno. Mas encontrou palavras em vez de desenhos, e ficou atônito ao ver os escritos de Michael. Não era um diário. Parecia uma coisa mais aleatória — pensamentos, ideias, rabiscos. Novembro de 1989 era a data inicial, época em que estavam separados.

Ellis começou a ler. Um leve tremular da página, talvez a brisa ou o tremor de sua mão. A voz de um jovem atravessou a cerca.

Ellis?, ele chamou. *Ell?*

Mas Ellis não ouviu. "Novembro de 1989", ele leu. "Não sei o dia, os dias se tornaram irrelevantes."

MICHAEL

Novembro de 1989

NÃO SEI O DIA, OS DIAS SE TORNARAM IRRELEVANTES. A visão de G está muito fraca, e eu me tornei seus olhos. Quando ele uiva à noite eu não saio do seu lado. O vírus penetrou seu cérebro. Ontem ele riu quando mijou na porta do quarto.

Um médico sugeriu que eu escreva pra dar sentido ao mundo ao meu redor. *Não há sentido nenhum*, eu disse, abruptamente.
Testemunhar a agonia dos outros, ele continuou, *a perplexidade dos outros. O que acha que isso tem feito com você?*
Perdi meu tempo com essa pergunta absurda.
Não sou mais tão divertido, eu disse.
Na verdade ele não era um médico médico, mas um psiquiatra que trabalha com moribundos. Não estou morrendo, isso deve ser dito. Ainda não, pelo menos. Tenho uma fita de visualização, e a voz animada, com sotaque americano, diz que meu corpo está cheio de luz e amor, e eu acredito nisso. Estou cheio de luz e amor; pra ser sincero, mal consigo puxar minha calça pra cima. Tenho uma linha de gordura em torno da cintura que não estava ali algumas semanas atrás, e meus músculos

abdominais também eram mais firmes, mais definidos. Se estivesse me descrevendo, eu diria que este corpo já viu dias melhores.

Estou com 39 anos, quase 40. Isso me incomoda? Respondo rápido quando as pessoas perguntam, por isso é provável que sim. Não fumo mais e parei com as drogas (a não ser por um ou outro analgésico que fui juntando depois que G começou com a alimentação intravenosa). Eu até que era bem bonito — e não estou sendo vaidoso, os outros sempre diziam isso —, mas acho que não sou mais. As pessoas ainda me olham e, de vez em quando, percebo uma sugestão estranha (às vezes muito estranha), por isso eu talvez ainda tenha algo. Os homens gostavam de me foder e gostavam de ser fodidos. Eu tinha meus critérios. De vez em quando eu abria mão, mas em geral era bem consistente. Apreciava relacionamentos breves ou minha própria companhia. Tive amantes muito bons — criativos, excitantes —, mas eu mesmo nunca fui muito bom. Nota 7, no máximo. Eu era a fantasia que raramente cumpria o que prometia. Uma leve sugestão de melancolia quando subiam o zíper da calça. Acho que eu era um pouco egoísta. Ou preguiçoso. Um 7, no máximo. Esse era eu.

Meu pênis parece retraído, mas talvez seja a luz. Na verdade, acho que já foi bem maior. No entanto, eu era magro, e os homens magros sempre parecem ter pau grande. É tudo uma questão de proporção, e eu vi o bastante para saber. De qualquer forma, já foi maior, e isso porque estou balançando na beira do abismo da impotência e isso dói; aquela pulsação — ou como você quiser chamar —, bem, acabou. E tudo certo. Estou gostando de reflexologia porque me ajuda a dormir.

Basta por hoje. O alarme do remédio tocou e preciso ver como ele está. Eu o chamo de G porque ele nunca gostou do próprio nome. G não é mais meu namorado. Tem 26 anos e está só.

É tarde. Fiz um caldo de legumes. G está dormindo, medi sua temperatura: 37,5°C. Começa a ficar quente, mas ainda não está suando. Não entrei em pânico porque já passamos por isso. Ele é pele e osso. O número de células T é zero. O que o mantém vivo só Deus sabe; é a lembrança da vida, imagino. Cada vitória sobre a infecção nós comemoramos, para sermos arrastados por uma onda de desespero logo depois, com uma nova elevação do mercúrio. Se G for para o hospital não sairá mais, eu sei, mas já nos despedimos faz tempo. A morfina está pingando, e sussurro coisas doces em seu ouvido. Dou uma olhada no relógio digital: 21:47, e tudo está calmo.

O outono bate na janela. Abro as portas de correr e o deixo entrar. As luzes do mercado de carne piscam, e os faróis dos carros iluminam a escuridão. No céu, asas de avião substituem as estrelas. O apartamento está silencioso. Isto é solidão.

Antes eu escrevia para ganhar a vida. Talvez seja por isso que agora sinto essa aversão. Eu era jornalista. Comecei na imprensa local, depois trabalhei como autônomo. Acabei em uma editora e me tornei editor. Ficção, principalmente. Eu era bom nisso porque sabia alterar a história. Bem, foi o que me disseram. Na época, não tinha certeza de que era um elogio.

Parei de trabalhar por dinheiro. Tenho dinheiro. Não sou rico, mas possuo o suficiente para as minhas necessidades. Recebo um subsídio de cuidador e compro artigos que dão prazer: flores, um bom filé, esse tipo de coisa. Faço de tudo para termos uma boa alimentação — ou fazia, eu deveria dizer, porque G voltou a ingerir apenas líquidos. Eu misturava um negócio chamado Ensure com sorvete, para melhorar um pouco. Sorvete orgânico, com baunilha natural. Não faço mais isso porque G não consegue reter o que come.

Não dá pra fixar prazos quando todos estão morrendo. Na verdade, escrevi isso na minha carta de demissão. Quanta nobreza a minha! Pensei que assim resumia o clima do momento, misturando o pessoal, o desesperado e o político. Acabei colocando o copo de vinho do lado e reescrevi. Disse algo simples como *Hora de seguir em frente e talvez escrever?*, e meus editores entenderam sem fazer mais perguntas. Resolvi a questão da carta e saí com uma caixa dos livros que eu ajudara a chegar às prateleiras. Mas nenhum deles era a minha história.

G era um artista quando nos conhecemos. Cinco anos atrás, não muito tempo após a morte de Mabel. Eu me protegia da chuva na National Gallery quando o vi no meio da multidão. Sua semelhança com Ellis era impressionante — olhos meigos, o cabelo, a barba esperando pra sair —, e eu o segui por duas horas em uma jornada eclética que incluiu Ticiano, Vermeer e Cézanne, até terminarmos diante de uma pintura que simbolizava uma parte importante da minha infância. Fiquei atrás dele e, com a voz mais sonora do mundo, eu disse *Ele pintou esse quadro em Arles, em 1888, sabia? Como um gesto de gratidão. Amizade. E esperança.*

Ele riu. *Você é esquisito*, ele falou, e saiu andando. G estava certo. Não sei flanar com naturalidade. Já me disseram isso muitas vezes.

Fui atrás dele até a loja e peguei alguns livros. Não tinha nenhuma intenção de ler, então comecei a ver os cartões-postais que não ia comprar. *Vamos*, ele disse ao passar por mim na porta, e nós fomos até um café em St. Martin's Lane, e depois de dois *espressos* e um pedaço de torta de chocolate a constrangedora diferença de idade entre nós diminuiu, e eu me convenci de que era quase respeitável. Ele perguntou onde eu morava, e respondi *Soho, não muito longe daqui*. *Vamos lá*, ele sugeriu. *Sério?* E ele avisou *Mas não vou transar com você*. Afirmei *Você não é o primeiro a dizer isso. Meu problema é o jet lag. Podemos tomar chá.*

Não transamos, mas tomamos chá. Ele adormeceu e eu fiquei olhando. Acabei pegando no sono e, quando acordei, estava sozinho. Havia um cartão-postal de um dos girassóis de Van Gogh no meu travesseiro, com um número de telefone rabiscado atrás. Telefonei naquela noite e deixei uma mensagem como Vincent na secretária eletrônica, algo sobre uma orelha perdida. Quatro dias depois estava em um trem.

G vivia em um celeiro em Suffolk, alugado de um casal de bichas que passava a maior parte do tempo na França. Nas sextas à noite, ele vinha me encontrar na estação Woodbridge, trazendo outra bicicleta do lado, e nós voltávamos pedalando até seu estúdio no celeiro, onde eu esvaziava minha mochila e colocava os despojos que trouxera para o nosso fim de semana sobre o piso áspero de carvalho — o vinho, a comida, talvez um vídeo, e o original em que trabalhava no momento.

Seu corpo era uma paisagem de ângulos e vales, uma linha de pelos escuros que desciam do umbigo e explodiam em torno do pênis, uma leve penugem espalhada pelo peito e pelas nádegas. Ele me fez sentir quem eu fora todos aqueles anos antes com Ellis, e não apenas na aparência, mas em sua intensidade, em seu recolhimento, e eu me tornei o menino que havia sido, vivendo a fantasia de uma juventude que acabara fazia muito tempo.

Eu podia ficar observando por horas enquanto G desmanchava pedaços de pigmentos sólidos e depois misturava com óleo antes de colocar em tubos com fundo aberto. Ele me acalmava. Me ensinava o nome das tintas, e eu lhe disse que Scarlet Lake e Rose Madder seriam nossos nomes de drag queens, se algum dia as circunstâncias nos obrigassem a subir num palco.

A luz do verão começou a brilhar. A poeira formada pelo pólen se espalhou pelo ar, o perfume das flores, o cheiro de linhaça e café, pincéis em latas de azeitona, flores também. Uma cama salpicada de tinta no canto, e eu pelado preparando martínis, enquanto G pintava uma aberração abstrata com luminosidade explodindo em um campo. Era tudo o que Ellis e eu havíamos planejado. Era lindo e, de vez em quando, doía. Contei isso a G, ele deu risada e a fantasia acabou.

Eu o amei? Sim, apesar de hesitar em usar essa palavra, porque se transformou em algo muito paternal depois de algum tempo, e depois de algum tempo eu o encorajei a se relacionar com outros homens. Acho que ele ficou agradecido, sem dúvida o boêmio que havia em sua alma ficou. Mas não estava sendo generoso ou cabeça aberta. Eu precisava de um amigo, só isso. Acabamos nos tornando duas pontas de uma linha telefônica, toda semana no mesmo horário. *Alô! E aí?*, eu perguntava. *Que aventura sórdida você tramou esta semana?*

18 meses atrás, o telefone tocou. *Alô! E aí?*, eu perguntei. *Que...*

Mas o outro lado da linha se manteve em silêncio.

G?

Silêncio. Ele começou a chorar.
Fale comigo, pedi.
Silêncio.
Eu peguei, G afirmou. E não precisou dizer mais nada. Eu disse que ficaria do seu lado.

Ele está acordado agora, e gritando; são três da manhã. O que aconteceu conosco, G? Eu não aguento mais.

Telefono pro Barts, e vão preparar uma cama, eles dizem. Eu o prendo na cadeira de rodas e o cubro com cobertores, e G se borra todo assim que saímos do apartamento. O elevador começa a feder, e eu já sei que encontrarei outro bilhete anônimo colocado por baixo da porta. Lá fora, ar fresco e nada de chuva. Sigo apressado pela Long Lane passando pelos caminhões refrigerados e a conversa dos carregadores de carne. Coloco a mão no ombro de G para tranquilizá-lo. Agora ele está silencioso e calmo. Vejo nosso reflexo na janela do restaurante. Somos uma natureza-morta. *Eu e o Velho*. Merda.

A enfermeira é gentil, e eles nos conhecem. E nós conhecemos os médicos e as enfermeiras pelo primeiro nome, o que é bom, mas também ruim, porque revela que já estivemos aqui muitas vezes.

Os quartos são individuais, com banheiro, graças a Deus. Não há máscaras, nem luvas, nem regras, nem horários para visita, porque esta é uma enfermaria de cuidados paliativos. A temperatura é checada meticulosamente a cada duas, quatro horas, para monitorar o avanço de infecções, e os dias são marcados pela monotonia da medicação. Muitos contemplam o suicídio e se recusam a comer. Eles não são forçados, e podem ir apagando lentamente até alcançar o fim que buscam. Nossos mortos são colocados em sacos de plástico, como qualquer um com vírus transmitido pelo sangue, e enviados rapidamente para o necrotério, onde aparece um agente funerário benevolente e atencioso. Há muitos enfermeiros homens, e muitos deles são gays. Eles se oferecem para trabalhar nessa enfermaria especificamente. Não consigo imaginar o que devem estar pensando, sobretudo os mais jovens.

Eu costumava pensar em como seria se deixasse G aqui e nunca mais voltasse. Não teria mais que arrumar uma cama suja, ou limpar de novo um cateter — bastaria deixá-lo ali de uma vez. Acabar com tudo, de verdade. Mas eu jamais conseguiria fazer isso. Certa ocasião, levado pela paixão, declarei que faria qualquer coisa por ele. Agora era essa a minha qualquer coisa por ele. Como nossos corpos agora são envergonhados, G. Como somos tristes. Ele gosta que eu penteie seu cabelo porque se lembra de quando ainda era bonito. Eu penteio. E digo que ele ainda é bonito.

Desligo a luz e garanto a G que o verei no dia seguinte. Deixo o número do telefone dos pais dele para que a enfermaria cuide disso, porque nunca consegui me conectar com eles. Metaforicamente falando. Vou para casa e durmo por horas.

Dois dias atrás, no mesmo corredor do quarto de G, conheci um cara. Ao perceber que eu estava perto do seu quarto, ele me chamou. Parei na porta, perplexo, com a luz amarelada de outono que caía sobre sua cama. Toda a lateral do nariz era tomada por um sarcoma, e ele vinha perdendo cabelo por causa da químio. O rapaz sorriu.

Disse-me que se chamava Chris, que tinha 21 anos e que seus pais achavam que ele ainda estava mochilando pela Ásia. No silêncio que se seguiu a essa declaração, peguei uma cadeira e sentei-me perto da cama. Perguntei pelos seus dois amigos, a moça e o cara que eu tinha visto perto da porta alguns dias antes.

Voltaram pra Bristol, ele disse. *Você é de lá?*, eu quis saber. *Sim*, ele respondeu. Eu disse que gostava de Bristol, e ele, que gostaria ainda mais se tivesse me conhecido por lá. Eu ri. Perguntei se estava flertando comigo, e seus olhos brilharam. *Tomarei isso como um sim*, falei.

Por que você está aqui?, ele indagou, e eu falei de G. Uma versão abreviada, é claro. Todas as histórias se parecem.

Ele me disse que um médico o incentivara a escrever uma carta para seus pais. Chris ergueu a mão direita, vermelha e inchada, e me perguntou se eu o ajudaria. Eu disse que sim. Perguntei se ele queria começar imediatamente, mas ele falou que não. Seria melhor no dia seguinte.

O dia seguinte chegou, e não passamos do "Queridos mamãe e papai".

Mas hoje avançamos um pouco mais, e, quando a tristeza o domina, coloco a caneta de lado e começo a esfregar seus pés. Reflexologia é o novo sexo, eu digo. Chris olha pra mim, incrédulo. *Não resista*, eu digo. Os pés dele estão frios, e ele sorri quando o toco. *Isso quer dizer que estamos firmes, Mike?*, e eu digo *É claro, você é todo meu*, e seu sorriso remete a uma infância não muito distante, que me desarma completamente.

Pegue a minha carteira, ele pede, e eu o obedeço. *Abra, Mike. Tem uma foto de passaporte aí dentro. Não é muito boa.*

Elas nunca são, eu digo, e tiro a foto.

Dois anos atrás, ele comenta. *Eu estava com 19.*

Como já vi esse tipo de mudança antes, meu rosto não demonstra mais o choque. Pele clara, cabelo loiro grosso, queixo coberto por uma penugem. Óculos.

Você é adorável.

Não mesmo, ele retruca. *Mas meu cabelo vai crescer de novo e...*

E se eu pegasse um chá?, eu o interrompo, tomado por uma súbita necessidade de sair do quarto.

Eu não era promíscuo.

Eu paro. Encurralado por sua defesa silenciosa contra a doença, os fanáticos, a imprensa, a igreja.

Acho que sei quem é a pessoa, ele diz. *Se a gente para pra pensar, acaba adivinhando. Foi o que me disseram. Você acredita nisso?*

Não sei muito bem no que acredito, digo, bruscamente. *Ninguém merece passar por isso. É tudo o que sei. Você é adorável.*

Saio do quarto. Descarrego minha raiva na chaleira e na gaveta de talheres. Todos os enfermeiros e enfermeiras podem me ouvir preparando o chá, toda a maldita Londres pode me ouvir preparando o chá.

Em um prato, coloco uma porção de biscoitos que não sinto a menor vontade de comer, e volto para o quarto.

Como é que você está com comida?

Não muito bem, neste momento.

Então estes aqui são meus, eu digo. Sento e coloco os biscoitos de chocolate no colo.

Você vai ficar gordo.

Eu estou gordo, e ergo meu pulôver. *Isto não estava aqui ontem*, digo. *Trata-se de invasão.*

Ele ri. E pergunta *Você já se apaixonou?*

Eu o encaro e reviro os olhos, e me arrependo na hora.

Eu não, ele diz. *Gostaria de ter amado alguém.*

Não é tudo isso, garanto, enchendo a boca de biscoitos. Preencho o silêncio comendo, enchendo a boca e comendo, porque sei que fiz uma coisa errada.

Não faça isso comigo, ele pede.

O quê?

Fazer de conta que as coisas não são nada. Coisas que não vou viver. É uma merda. Tenho pena de você se acha que não é tudo isso. Eu ficaria feliz pra cacete.

Me levanto, vestindo a carapuça, o vínculo emocional desfeito. Uma criatura patética com migalhas de biscoito cobrindo todo o pulôver.

Pode ir agora, ele diz, virando-se para o outro lado. *E feche a porta, por favor.*

Faço o que ele pede. Vou para o quarto de G, preciso que ele me console, mas ele está dormindo e morrendo. Estou ferrado. Vou embora.

Casa. Abro as janelas e deixo entrar o ar frio de Londres, e com ele vem o barulho incessante das sirenes e do trânsito, sons que aprendi a amar. As velas queimam em cima da mesa, e eu me deixo envolver pelo perfume de jasmim. Há ocasiões em que, nesta névoa perfumada, esqueço os hospitais. Só de vez em quando, com um copo na mão, passo ao lado de uma das chamas e me sinto revigorado. Não quero ser definido por isto. Nós já fomos muito mais do que tudo isso.

Coloco mais vinho no copo. Penso em Chris e no meu comportamento com ele. Eu me esforço pra que gostem de mim, sempre me esforcei. Me esforço pra aliviar a dor das pessoas. Eu me esforço porque não consigo enfrentar a minha.

Sento-me na varanda enrolado em um cobertor. Sinto frio, mas o frio é bom, porque a enfermaria é quente. Apoio nos joelhos uma foto em preto e branco. Eu e Ellis em um bar em Saint Raphael, em 1969, bebendo pastis. Tínhamos 19 anos. Lembro que o fotógrafo andava pelos bares à noite e deixava seu cartão. Era possível ir até o estúdio dele para ver as fotos no dia seguinte, e eu fui. Ellis achou que era golpe, por isso fui sozinho. Vi a foto assim que entrei, meus olhos simplesmente foram atraídos para o lugar onde ela estava pendurada, em meio a dezenas de outras. Estamos tão bonitos que chega a ser angustiante.

Rostos bronzeados, camisetas listradas, estávamos na França havia cinco dias e nos sentíamos como se fôssemos locais. Íamos todas as noites ao mesmo bar na praia. Uma barraca detonada que vendia sanduíches de dia e sonhos à noite. Bem, era isso o que eu costumava dizer, e Ellis torcia o nariz, mas ele também gostava dali, sei que sim. A parte dos sonhos. Quem não gostaria?

No momento captado pela foto dizíamos *Salut! Salut!* e brindávamos com os copos; o aroma de anis era doce e convidativo. *Hey!* Viramos os rostos ao ouvir o grito. FLASH! Piscamos por um instante, estávamos de costas para o bar. Olhamos desconfiados. O cartão veio parar na minha mão. O fotógrafo disse *Demain, oui?* Eu sorri e disse *Merci*. Ellis sussurrou *Esse sujeito é um trapaceiro*. Eu retruquei *Você é que é um trapaceiro*.

O cheiro de polvo grelhado nos atraiu para um terraço improvisado, uma área coberta de serragem que terminava na areia da praia. Ficamos vendo o mar tranquilo que se unia à noite imperceptivelmente. As luzes dos barcos de pesca balançavam com elegância com o movimento da água enquanto, ao fundo, Françoise Hardy cantava *Tous les garçons e les filles*. Acendi um cigarro e me senti como se estivesse em um filme. Havia uma efervescência no ar.

Recordo-me de ter contado tudo isso a Annie, e Ellis não conseguia se lembrar de nada. Às vezes ele é tão decepcionante. Não se lembrava dos barcos de pesca, ou de Françoise Hardy, ou de como a noite estava quente e da efervescência no ar...

Efervescência?, ele perguntou.

Sim, afirmei. *Efervescência por causa das possibilidades, ou talvez da excitação*. Eu disse que o fato de ele não lembrar não apagava o passado. Todos aqueles momentos preciosos ainda estavam em algum lugar.

Acho que ele ficou constrangido com esse "preciosos", Annie falou.

Talvez, eu resmunguei, olhando pra ele.

Coloco mais vinho no copo e fico em pé. Observo a paisagem urbana e penso em como Londres é bonita. Ouço a música que sai pelas janelas abertas de um carro na rua. *Starman*, David Bowie. O carro se afasta e a noite fica silenciosa de novo.

De volta ao hospital, no quarto de G. Seguro sua mão e sussurro para ele *Laranja cádmio, azul cerúleo, violeta cobalto*. Ele estremece. Acaricio sua cabeça. *Óxido de cromo, amarelo de Nápoles*. Esta é minha canção de cores pra ele. Percebo que há alguém parado à porta e me viro.

Você se levantou. Fico feliz em te ver.

Esse é G?, Chris pergunta.

Pena que ele não esteja em um de seus melhores momentos.

O que você estava dizendo pra ele?

Nomes de tintas. Ele era pintor.

Você é um amor.

E você parece muito bem.

Tenho uma célula T, ele diz.

Cale-se, ou todo o mundo vai querer uma.

Ele ri. *Parece que estou melhorando.*
Dá pra ver que está.
Fiquei bravo com você.
Eu sei.
Mas sinto falta das nossas conversas.
Sou um dilema.
Meus amigos me mandaram um bolo. Hoje estou com vontade de comer.
Isso é um convite?
Um lenço branco, ele diz.

O bolo é gostoso. Chocolate, não muito doce e, aquele termo horrível, úmido. Comemos metade — eu, a maior parte —, e me sinto inchado. Apoio as costas na cadeira e coloco os pés na cama. Sinto vergonha das minhas meias, verdes, de tecido atoalhado, que uso quando limpo o chão do banheiro, só o diabo sabe como foram parar na minha gaveta de meias boas.

Veja isto, eu digo a Chris, para evitar que olhe para as minhas meias, e passo a foto que estava apreciando três dias antes. *Este sou eu. Com 19 anos. 1969.*

Ele coloca os óculos e verifica mais de perto. *Você parece tão jovem.*
É.
Quem é este?
Ellis.
Vocês estavam juntos?
Acho que sim. Nessa época estávamos.
Onde foi tirada?
Na França, no sul.
Você está muito bem.
Nós dois, não é?
Ele foi seu primeiro amor?
Sim. O único, creio eu.
Ele morreu?

Não, meu Deus, não! (Meu Deus, não! Nem todo o mundo morre, sinto vontade de dizer a ele.)
Onde ele está?
Em Oxford. E tem uma esposa. Annie.
Vocês ainda se veem?
Não.
Chris olha pra mim. *Por quê?*
Porque... (E percebo que não sei como responder.) *Porque perdemos contato. Eu perdi contato.*
Você poderia retomar o contato.
Sim. Poderia.
Você não quer que ele fique sabendo disto? Está com vergonha?
Não! Não é isso, eu digo. *Não. É complicado.*
Mas não é, é? A vida não é mais, você me disse isso. Tudo isto torna a vida mais simples.
É complicado, eu repito. E o meu tom de voz faz com que Chris pare de insistir no assunto.

Em vez disso, ele se volta para as minhas meias.
Eu sei. Horríveis, eu digo. *Vamos lá. Vamos continuar com sua carta.*
Hoje não quero saber de escrever, ele diz. *Quero saber disto,* e Chris balança a foto diante do meu rosto.
Ai, ai... Eu tiro os pés da cama, solto um suspiro e alongo as costas.
E ele diz *Parece que você está prestes a se livrar de um peso.*
Há! Pode apostar, eu digo.

Desde o primeiro momento em que o vi senti vontade de beijá-lo. Essa é minha introdução preferida e mais bem ensaiada para uma conversa a respeito de Ellis. Eu costumava me perguntar se o desejo que sentia por ele tinha a ver com um problema de transferência. Com minha necessidade de ficar com alguém, minha disposição pra amar. Resultado do sofrimento, ainda que causado por um pai que àquela altura estava tão longe quanto o polo sul.

Tenho uma imagem em que Ellis e eu estamos em Oxford, em pé ao lado da janela do meu quarto. É noite. O ar do verão é úmido, vestimos apenas a calça do pijama, nada de camisa. Nossa idade? 15, talvez. A janela está aberta e nós olhamos para o cemitério da igreja, coberto de mato, e a escuridão da noite tem um cheiro peculiar, fecundo e desagradável, agreste e excitante, e ouvimos os sons de sexo que vêm das cruzes, porque é aonde os bêbados vão em busca de ternura.

Estou nervoso. E não consigo olhar pra ele. Enfio a mão em sua calça e o seguro. Apavora-me a possibilidade de ele me rejeitar, mas ele não faz isso. Ellis me empurra para o escuro e me deixa masturbá-lo. Depois, ele, envergonhado, me agradece e pergunta se estou bem. *Nunca estive melhor*, digo, e caímos na risada.

Assim começamos a viver em um mundo só nosso. Um lugar onde não falávamos sobre o que ou quem éramos, apenas sentíamos o corpo do outro, e por alguns anos isso foi suficiente.

Às vezes eu me perguntava se a atração dele por mim tinha a ver com o fato de eu ser o único por perto, como se fosse uma espécie de liberação. Mas quando fizemos 18 anos Ellis sugeriu um encontro de casais. Fomos com as garotas ao cinema, beijamos muito e as levamos para casa de ônibus. Mais tarde nos encontramos no meu quarto, e ficamos pelados como se fosse a coisa mais normal pra terminar a noite, como um café forte ou um chocolate com menta. Eu sabia que era gay? Sim, nessa época. Mas essa compartimentalização era irrelevante. Tínhamos um ao outro, e não queríamos mais nada.

Viajamos pra França em agosto de 1969 por puro acaso. Um jornalista com quem eu trabalhava no *Oxford Times* ia para lá todos os anos, mas teria que cancelar dois meses antes de ir. Ele nem tinha terminado de contar a história e eu já dizia *Eu vou! Fico com o quarto*, e ele achou tão divertido o meu entusiasmo que telefonou no mesmo dia pra França pra confirmar a reserva, e me contou tudo o que eu precisava saber pra chegar lá de trem.

Corri até a fábrica de automóveis e encontrei Ellis depois do trabalho. *O que aconteceu?*, ele perguntou. *Vamos pra França. O quê?! França,*

Ellis. França, França!, e comecei a cutucá-lo, e ele ficou todo constrangido. *Pare com isso, Mike, aqui não, as pessoas estão olhando.*

Mas o verão não chegava nunca. E durante a espera, algo mudou entre nós, e eu só consigo descrever como um abrandamento. A consciência de que teríamos pela frente uma oportunidade para sermos diferentes.

Lembro que estávamos em pé na balsa, com Dover ficando pra trás. Nossas mãos no gradil, meu dedinho tocando o dele. A emoção da viagem mexendo com meu estômago, uma necessidade de beijar Ellis, mas é claro que não podia fazer isso. De repente senti o dedo dele acariciando minha pele. A eletricidade do meu corpo poderia botar fogo naquela maldita balsa.

Em Calais, pegamos o *train rapide* um pouco antes das oito. O simples fato de estarmos do outro lado do canal já era incrível demais. Nunca tínhamos viajado por tanto tempo ou para tão longe. Deixamos nosso vagão e nos juntamos aos demais pra fumar no corredor lotado, observando a mudança na paisagem ao nos inclinarmos para fora das janelas, sentindo no rosto o ar frio e excitante. Com o cair da noite, fomos deitar no beliche apertado. Ellis desenhava, e eu lia. Eu podia ouvir o movimento do lápis na folha de papel, e estava tão empolgado por ele e por nós, e de vez em quando uma baguete com queijo e um copo de vinho tinto passeavam entre os dois, e nos sentimos tão sofisticados. Muito sofisticados. Em Dijon, um vendedor grosseiro se juntou a nós no vagão e desligou a luz sem nos consultar. Assim terminou nossa primeira noite gloriosa.

Eu me lembro de ter adormecido com o balanço do trem. Ouvindo os sons da vida noturna ao longo da ferrovia ao passar por Lyon, Avignon, Toulon, antes de chegar com o sol da manhã a Saint Raphael, onde um táxi esperava para nos levar até Agay, onde ficava a Villa Roche Rose, nosso lar pelos nove dias seguintes. Olhávamos pela janela do carro sem conseguir falar. A cor intensa do céu nos emudeceu completamente.

Nosso quarto era branco e espaçoso, com duas camas de solteiro diante de persianas azul-claras e o cheiro do piso de terracota recém-limpo, um aroma forte de pinho. Abri as persianas, e o sol invadiu o quarto. A rocha vermelha do maciço de l'Esterel dominava a paisagem ao longe, jardineiras com angélicas nas janelas reivindicavam a frente. Jamais víramos nada mais bonito; naquele momento pensei em Dora e disse *Sua mãe...*

E Ellis falou *Eu sei*, como sempre fazia. Um gesto instintivo de defesa, fechando uma porta dolorosa demais pra ser aberta.

Nossa senhoria, madame Cournier, nos forneceu um mapa da área, e fomos pedalando até Saint Raphael pra reclamar um pequeno espaço na areia da praia superlotada, envergonhados pelo cinza das nossas toalhas em meio à abundância de toalhas multicoloridas. Ocupamos aquele lugar por vários dias e, sob o brilho do óleo de coco, nossas peles foram ficando bronzeadas, enquanto nos intervalos nos refrescávamos na maré suave do Mediterrâneo.

Para mim era como se nada mais existisse. Como se as cores e os cheiros desse novo país tivessem erradicado todas as minhas recordações, como se todos os dias fossem o Primeiro Dia, trazendo a possibilidade de viver tudo de novo. Nunca me senti tão eu mesmo. Ou mais em sintonia com o que eu era e com aquilo de que era capaz. Um momento de autenticidade em que o destino e a predestinação se chocam, e tudo é não apenas possível como está ao alcance da mão. E eu me apaixonei. Loucamente. Acho que Ellis também. Só por um instante. Mas nunca tive certeza.

Estávamos em nosso bar na praia, bêbados com um coquetel de pastis e Françoise Hardy, e era tarde e ouvimos o barulho de copos sendo recolhidos atrás de nós.

Vamos, ele disse. Saímos do terraço e sentimos o frio da areia molhada em nossos pés descalços. Continuamos pela praia e nos distanciamos das bicicletas, subimos pelas pedras na outra ponta da baía, onde a estrada seguia em direção a Frejus Plage. Era um lugar meio escondido, protegido das vozes que vinham do passeio acima. Decidimos sentar em uma pedra grande, que ficava exatamente entre a estrada e o mar. Ellis olhou em volta e começou a tirar a roupa. Era algo tão inusitado em se tratando de Ellis que comecei a rir. Ele tirou a bermuda e saiu correndo pro mar, sacudindo a bunda branca. Nadou pra longe da margem e ficou de costas, boiando na água. Tirei a roupa depressa e fui atrás dele. Nadei até passar por baixo de Ellis e derrubá-lo, e então eu o beijei. Não houve luta. Subimos para a superfície, rindo, e ficamos frente a frente. Senti seu peito no meu. Senti suas pernas enroscadas nas minhas, e nesse instante, longe de casa, pude ver em seus olhos. Tudo estava diferente.

De repente, tropeçávamos nas águas rasas, e caímos em cima um do outro na areia molhada. A emoção inebriante da bebedeira, da nudez, do fato de estarmos ao ar livre aflorou em nós. E, por alguns instantes, mantivemo-nos imóveis, porque não sabíamos qual deveria ser o passo seguinte.

Fomos engatinhando até o nosso esconderijo nas pedras. Logo as mãos apertavam o pau um do outro, engolíamos um ao outro com a boca, até que a proximidade da estrada acima nos deixou inquietos e nervosos. As luzes dos faróis iluminavam a areia quando os carros viravam à esquerda, revelando momentaneamente nossos pés e nossas pernas entrelaçadas. Ficávamos parando para ver se ouvíamos os gendarmes que patrulhavam as praias à noite, e em pouco tempo o medo de sermos apanhados foi mais forte, e nos vestimos apressados. Voltamos correndo pela praia até a Promenade, onde deixáramos nossas bicicletas.

Não paramos na padaria, não compramos os brioches quentinhos com que costumávamos encerrar a noite. Continuamos pedalando, de mãos dadas nas ruas desertas, às vezes perigosamente perto da margem escura da estrada costeira. Às vezes, do nada surgiam carros no sentido contrário que voltavam rapidamente pra pista sem imaginar que viesse alguém na direção oposta.

Ao chegarmos à *villa* deixamos as bicicletas no portão lateral. Ellis pegou a chave, e entramos devagarinho pelo corredor. Evitamos a escada central, que rangia, e fomos direto pro quarto. As persianas estavam fechadas, o ar, silencioso. Éramos apenas nós, sozinhos, agindo como estranhos. Eu estava tão nervoso que mal conseguia engolir. Éramos duas pessoas inseguras, sem saber o que fazer, tendo apenas o instinto como guia.

Eu quero, falei. *Eu também*, ele disse.

Ellis trancou a porta. E cobriu o buraco da fechadura com uma toalha. Tiramos a roupa, separadamente, morrendo de vergonha. *Não sei o que fazer*, ele disse. *Nem eu*. Deitei e abri as pernas, e o puxei pra cima de mim dizendo a ele pra ir devagar.

Os sons do café da manhã vinham do andar de baixo.

Le café est prêt!, gritou madame Cournier.

Acordei com fome. Escorreguei pra fora da cama e fui até a janela. Abri as persianas, e a brisa quente envolveu meu corpo. Olhei para ele. Senti vontade de acordá-lo. Eu o queria de novo.

Me afastei da janela e vesti um short de banho. Ajoelhei-me perto da cama e pensei *Ele vai acordar e se perguntar o que aconteceu ontem à noite. E vai se perguntar o que significa, o que ele se tornou. E sentirá vergonha, e a sombra insidiosa do pai. Sei disso porque o conheço. Mas não permitirei que aconteça.*

Ellis se mexeu. Abriu os olhos. Sentou na cama e coçou o sal no cabelo. E então, de repente, o rosto vermelho, confuso, retraído. Mas cortei antes que se instalasse. *Ontem à noite foi incrível*, eu disse. *Incrível, incrível, incrível.* E o beijei descendo até a barriga — *Incrível* — e enchi a boca, e nos sufocamos um ao outro até mal conseguirmos respirar.

A manhã nos levou de volta à estrada, passando por Boulouris e os penhascos de rocha vermelha pontilhados por buganvílias. Ellis diminuiu a velocidade e ficou pra trás. Desceu da bicicleta e a deixou na beira da estrada. Então, caminhou até a ponta do promontório, com vista pra baía. Fiz a volta e deixei minha bicicleta junto com a dele. Os barcos de pesca tinham saído, o mar estava calmo, refletindo o brilho do sol. Sentamos na beirada.

O que foi?, perguntei.

E se não voltarmos pra casa?
Está falando sério?
E se não voltarmos? Será que conseguimos trabalho?
Claro. Podemos colher uvas. Trabalhar em um hotel, em um café. Muita gente faz isso. Nós também poderíamos.
E Mabel?, ele lembrou.
Mabel compreenderia.
Coloquei a mão em suas costas, e ele não se afastou.
Você poderia pintar, eu poderia escrever, sugeri.
Ele olhou pra mim. *Isso não seria o máximo? Não seria, Ell?*

E nos quatro dias seguintes — nas 96 horas que ainda tínhamos —, planejamos um futuro longe de tudo o que conhecíamos. Quando surgia alguma brecha no muro que construímos, dávamos um ao outro a coragem para reconstruí-lo. E imaginamos um lar em um velho celeiro de pedra cheio de tranqueiras, de vinho e de pinturas, cercado por campos de flores silvestres e abelhas.

Lembro-me do nosso último dia na *villa*. Deveríamos ir embora naquela noite, pegando o trem que nos levaria de volta para a Inglaterra. Eu estava no limite, uma mistura de nervos e emoção, tentando ver se Ellis fazia qualquer movimento pra ir, mas ele não fez. Os produtos de higiene pessoal continuavam nas prateleiras do banheiro, as roupas espalhadas pelo chão. Fomos pra praia como sempre, deitamos um ao lado do outro no mesmo lugar. Fazia muito calor, e falamos pouco, decerto nada sobre os nossos planos de mudar pra Provença, para os campos de lavanda e luz. Para os campos de girassóis.

Olhei pro relógio. Estávamos quase lá. Estava acontecendo. Eu ficava dizendo pra mim mesmo *Ele vai encarar isso*. Ellis ficou cochilando na cama, e eu saí pra comprar água e pêssegos. Caminhei pelas ruas como se aquele fosse meu novo lar, dizendo *bonjour* a todo mundo, descalço, confiante, livre. E fiquei imaginando que mais tarde sairíamos pra comer e depois iríamos comemorar no bar. E eu telefonaria pra Mabel, e Mabel diria *Eu entendo*.

Voltei correndo pra *villa*, subi as escadas e morri.

Nossas mochilas estavam abertas em cima da cama, com nossos sapatos já embalados. Fiquei olhando pra ele da porta. Ellis ficou em silêncio, os olhos vermelhos. Dobrando a roupa meticulosamente, separando as peças sujas em sacos plásticos. Minha vontade era uivar. Queria colocar os braços em torno dele e segurá-lo até o trem deixar a estação.

Eu trouxe pêssegos e água pra viagem, falei.

Obrigado. Você pensa em tudo.

Porque te amo.

Ele não olhou pra mim. A mudança estava ocorrendo depressa demais.

Você chamou um táxi? Minha voz estava muito fraca, sumindo.

Madame Cournier vai nos levar.

Fui até a janela aberta e senti o perfume das flores no ar. Acendi um cigarro e olhei pro firmamento. Um avião deixa um rastro alaranjado que corta o céu violeta. E eu me recordo de ter pensado que era muita crueldade ter os nossos planos perdidos em algum lugar por ali. Outra versão do futuro, em algum lugar por ali, perpetuamente em órbita.

A garrafa de pastis?, ele perguntou.

Eu sorri. *Fique com ela.*

Permanecemos deitados no beliche enquanto o trem seguia para o norte, rememorando a viagem feita dez dias antes. Estávamos no escuro, uma luz do corredor entrando vez ou outra por baixo da porta. A cabine estava quente, cheirando a suor. Ellis deixou cair a mão do meu lado e esperou. Não consegui me controlar, ergui o braço e segurei a mão dele. Senti as pontas dos dedos adormecidas. *Vamos ficar bem,* eu me lembro de ter pensado. *O que quer que sejamos, ficaremos bem.*

Não nos vimos por algum tempo depois de voltarmos pra Oxford. Nós dois sofremos, sei que sofremos, mas de forma diferente. E às vezes, nos dias muito cinzentos, eu ficava sentado no quarto e me lembrava do calor daquele verão. Do perfume das flores trazido pelo vento, e do cheiro de polvo assando nas grelhas. Eu me recordava do som das nossas risadas e da voz do vendedor de doces, e das sapatilhas de lona vermelha que perdi no mar, do sabor do pastis e da pele dele, e do céu tão azul que desafiava qualquer coisa a ser mais azul. E me lembrava do meu amor por um homem que quase fez com que tudo fosse possível.

Em um fim de semana no final de setembro, o sino que ficava em cima da porta tocou, e lá estava ele na quitanda. O mesmo sentimento remexeu minhas entranhas.

Eu vou se você quiser que eu vá, Ellis disse.

Sorri; estava tão feliz em vê-lo.

Você acabou de chegar, seu idiota. Agora, me ajude com isto, e ele pegou a outra ponta da mesa e a encostou na parede. *Pub?*, perguntei.

Ellis sorriu. E antes que eu pudesse dizer alguma coisa, ele me abraçou. E tudo o que não conseguiu dizer em nosso quarto na França foi dito naquele momento. *Eu sei*, eu disse. *Eu sei.* Já tinha aceitado o fato de que eu não era a chave que conseguiria abri-lo. Ela viria depois.

Demorei um tempo para reconhecer os efeitos daquela época. Como a dormência dos dedos passou para o meu coração sem que eu percebesse.

Tive paixões, tive amantes, tive orgasmos. Minha trilogia do desejo, como eu gostava de dizer, mas nenhum grande amor depois dele, não pra valer. Amor e sexo foram separados por um grande rio, um rio que o barqueiro se recusava a atravessar. O psiquiatra gostou dessa analogia. Vi quando ele anotou. Ouvi o barulho da caneta no papel.

E foi isso, eu digo a Chris, ao chegar ao fim da história. *Nove dias e nunca consegui esquecer.*

E vocês nunca mais ficaram juntos?

Não. Tivemos nosso momento. Apenas amigos.

Ele parece pensativo. Parece triste.

Você quer dormir?, pergunto.

Acho que sim.

Então eu já vou.

Posso ficar com ela esta noite? Ele me olha, segurando a foto.

Fico surpreso com a pergunta. *Se quiser.*

Devolvo amanhã. Nos vemos amanhã, certo?

Eu calço os sapatos. *Sim, mas amanhã é dia de escrever carta.*
Vou até a porta, e ele me chama. *Eu me viro.*
Eu não teria feito as malas, Chris afirma. *Teria deixado o trem partir.*
Faço que sim com a cabeça.

No dia seguinte, uma explosão de luz do sol de inverno deu coragem a todos. Chris me convenceu a sair com ele em uma cadeira de rodas, e eu o cobri com todos os cobertores possíveis e o obriguei a colocar um gorro de lã bem grosso na cabeça. *Não demorem*, a jovem enfermeira Chloe sussurra no meu ouvido. Digo que não, movimentando a boca em silêncio.

Sentamos perto da fonte, com os raios de sol dançando na água, e ele fecha os olhos para sentir o calor no rosto enquanto dita as últimas palavras da carta. É uma bela carta, e seus pais a receberão no dia seguinte, e o mundo deles ficará despedaçado. Chris fica em silêncio, porque sabe disso.

Poderíamos estar em qualquer lugar, ele diz.
Poderíamos.
Itália, Roma. Como é mesmo o nome daquela fonte?
Fontana di Trevi, eu digo.
Você já viu?
Sim.
E como é?
Decepcionante.
Ele olha pra mim.
Meio espalhafatosa, eu completo.
Você está fazendo aquilo de novo comigo.
Não estou. Sério. É só uma opinião. Não é como aqui.
Idiota.
Deixo escapar um sorriso.
Você acha que jogar dinheiro em qualquer fonte dá sorte?
Acho que sim. Sou um especialista em fontes, digo, tirando uma moeda do bolso.

Empurro a cadeira até a beirada da fonte. Chris pisca quando a água espirra, e minúsculos arco-íris saltam em seu rosto. A moeda afunda. Ele mexe a boca, a magia silenciosa da esperança.

Me tire daqui, ele pede.

Da cadeira?

Não. Daqui. Deste lugar.

Olho pro relógio. Olho para ele. Empurro a cadeira até a entrada e paro.

Arriscamos?, digo, provocando. *Arriscamos?*

Arriscamos, ele diz, e eu empurro a cadeira para a cidade em movimento.

Ali, Chris indica, e eu paro ao lado de um banco perto do portão de entrada. Sento ao lado dele, com o sol no rosto. *Poderíamos estar em qualquer lugar*, ele repete. O braço pálido se livra dos cobertores e procura minha mão. Ele fecha os olhos e diz *Roma*.

Três da manhã, e estou acordado. Acho que sinto alguma coisa. Um zumbido na cabeça, o pulso acelerado. Às vezes meu coração para de bater e eu me vejo em um limbo sem ar. Estou com medo. Não quero passar por tudo isso, não quero ver meu corpo minguar. Só me dou conta quando estou sozinho. Pego o telefone. Creio que poderia ligar para eles, mas não sei o que dizer. Talvez Annie atenda; assim seria mais fácil.

Annie, sou eu (eu diria com um suspiro patético).

Mikey?, ela iria dizer.

Desculpe por ligar tão tarde (eu seria educado, respeitoso).

Onde você está?

Em Londres.

Você está bem?

Sim, muito bem (eu mentiria).

Estamos com saudade.

Coloco o telefone no gancho e fico olhando para o teto. Tento a conversa de novo.

Annie, sou eu.
Sua voz está horrível, ela diria. *Você está bem?*
Não. E começo a chorar.

Fiquei longe do hospital nos últimos quatro dias por causa de um resfriado infecto. Espirros. Nariz escorrendo, olhos irritados. Os sintomas desaparecem depois de quatro dias, e eu me declaro curado. Nunca me senti tão agradecido por um mero resfriado.

Decido voltar à enfermaria só no final da tarde, e vou até o West End ver um filme sobre o qual todos estão comentando. Sento-me na primeira fileira de um cinema quase vazio onde 72 quadros coloridos brilham diante do meu rosto a cada segundo, e onde um jovem sobe em uma carteira escolar nos momentos finais e diz apaixonadamente *Oh, capitão, meu capitão!*.

E ali estou eu, 13 anos de novo, na prainha de Long Bridges, recitando um poema que acreditava ter esquecido havia muito tempo. Derramando as palavras do poema de Whitman enquanto os raios de sol brincam na superfície do Tâmisa.

É um poema sobre sofrimento, eu digo a Dora.

Oh, capitão! Meu capitão! ergue-te e ouve os sinos;
Ergue-te – para ti a bandeira se agita — para ti a corneta vibra;
Para ti buquês e grinaldas com fitas – para ti as praias superlotadas;
Por ti eles chamam, a massa oscilante, os rostos ansiosos virando-se...

Dora se inclina e me beija na cabeça. Anda até a beirada da água e eu corro atrás dela. *Finja que está me salvando de um afogamento*, eu peço; pulo no rio e nado até o meio do lago, balançando braços e pernas. Ela nada na minha direção, e sussurra no meu ouvido pra eu me inclinar pra trás, pra me soltar. *Vai ficar tudo bem, Michael*, ela diz, e me puxa por aquelas águas mornas, tranquilas. E ao longo do percurso, continuo recitando:

Oh, capitão, meu capitão!

Vou correndo para o hospital, pois quero falar com Chris sobre o filme. E repasso mil vezes na cabeça o que direi a ele assim que chegar à enfermaria. Minha ideia é parar na porta e recitar o poema do começo ao fim. Como se estivesse no teatro. A porta é o palco, ele, a plateia, e os enfermeiros podem parar pra ouvir. Já sei como será. Uma coisa boa em um dia difícil. Quando chego ao quarto de Chris, minhas pernas começam a tremer. A cama está desfeita, o quarto, vazio. Chloe me vê e vem correndo. *Está tudo bem, Michael,* ela diz. *Está tudo bem. Os pais dele vieram. Eles o levaram pra casa.*

Estou no quarto de G assistindo ao noticiário. Uma reportagem da BBC na Alemanha. O Muro de Berlim caiu, e os portões estão abertos. Carros buzinando, amigos e famílias reunidos, gente tomando champanhe. Chloe entra, trazendo um chá. Ela coloca o braço em torno de mim e diz, apontando pra TV *Ninguém imaginava que isso seria possível dez anos atrás. E agora veja. A vida muda de um jeito que não conseguimos prever. Muros vêm abaixo e pessoas são libertadas. Espere e você verá.*

Sei o que ela está tentando dizer: Esperança. G morreu no dia 1º de dezembro de 1989. Eu não chorei. Mas às vezes é como se minhas veias estivessem drenando, como se o meu corpo estivesse pesado demais, como se eu estivesse me afogando por dentro.

Vou pro sofá. Não sei em que dia estamos, não me importo. Sinto um peso, mal consigo me mexer. Tomo caldo de legumes, muito. Às vezes me dou conta de que este apartamento deve feder.

Sempre que me levanto, arrumo as almofadas do sofá, assim ele fica arrumado para quando eu me deitar de novo. Pequenos gestos são importantes. Me deito voltado para a sacada, e à noite me perco na mudança da luz. Às vezes abro a porta de correr e ouço o Natal chegando. Escuto a conversa de alguém indo para algum lugar e de alguém comprando alguma coisa. Ouço as músicas dos bêbados das festas de empresas, e às vezes saio e vejo amassos ilícitos nas sombras. Fico imaginando se esses atos roubados são o começo ou o fim de algo.

O relógio digital marca 18:03. Ouço uma batida na porta. Vou espiar pelo olho mágico e vejo o rosto de uma mulher — um rosto agradável, algo familiar, mas não uma amiga. Abro a porta, e ela diz *Michael?*. (Fico surpreso com o fato de ela saber meu nome.) *Eu me chamo Lee*, ela informa. *Acho que você não se lembra de mim. Quatro portas pra lá, e ela aponta o corredor. Não vi você nos últimos dias e imaginei que pudesse estar precisando de algumas coisas. Tentei ontem, mas...* E dizendo isso ela me entrega uma sacola com compras. *Também tem uma garrafa de vinho, então, cuidado.*

Fico olhando pra ela, sem saber o que dizer. E então *Obrigado*, e começo a desmoronar. Sinto sua mão em meu ombro.

Sabe, se precisar de qualquer coisa no Natal, vamos ficar por aqui e...

Antes de ser inteiramente consumido por sua gentileza eu corto o que ela está dizendo e agradeço de novo, e lhe desejo boas festas.

Esvazio a sacola no balcão da cozinha. Batatas, vinho, presunto, torta e salada. E chocolate também. Um cartão. Na parte da frente, uma imagem da Londres vitoriana coberta de neve. Dentro: "Com nossos melhores votos, Lee e Alan."

Coloco o cartão na mesa, e ele faz diferença na sala, principalmente em meu estado de espírito. É o *espírito natalino*. Acendo uma vela e abro a porta de correr. Trânsito e ar frio. Lee e Alan. Quem diria?

Natal de 1976. A súbita queda de energia elétrica ao longo da Cowley Road. O cheiro das castanhas que Mabel assa na cozinha e vende na quitanda. O cheiro de laranjas com cravo. Os ramos de azevinho e visco que Ellis e eu costumávamos colher em Nuneham Courtenay.

Eu digo para Ellis *Só mais uma árvore e encerramos.*

Onde é a entrega?

Divinity Road. Perto da Hill Top. Este é o recibo.
Ele pega o papel e lê. *Anne Cleaver*, ele diz.
Te vejo depois...
É claro, ele concorda.
Vem jantar aqui.
Ótimo. Ele sorri e sai da quitanda carregando a árvore no ombro, o gorro de pele na cabeça. Eu o vejo atravessar a rua.

Sento-me na poltrona de Mabel. O relógio vai marcando as horas, e os clientes entram e acrescentam mais algum artigo aos seus pedidos. Mas na maior parte do tempo eu fico lendo. Truman Capote, *Bonequinha de luxo*. Vou até os fundos e preparo uma xícara de chá. Olho para o relógio e me pergunto para onde ele pode ter ido.

Em sete anos, a França foi sofrendo mudanças na maneira como contávamos nossa história. Agora é uma semana de férias de dois rapazes em camas de solteiro, tomando sol na praia cercados por beldades francesas. Agora também temos segredos um para o outro, segredos sobre aventuras sexuais, quem fez o quê. São segredos porque não sabemos o que fazer em relação ao que fomos. Por isso mantemos distância e não tocamos no assunto, pois pode doer. A negação é o refúgio.

Ele está demorando demais. Estou faminto. Mabel não volta da casa de amigos, e eu preciso de companhia. O frio penetra pelo piso de pedra e encontra os meus artelhos. Fico em pé. Dou alguns pulos. Vou até a vitrola e procuro meu disco preferido. Meu coração estremece logo na introdução da música. The Impressions. *People Get Ready*. Abro a porta da quitanda e deixo que meus pés me levem.

Fecho os olhos e canto. Ao erguer as pálpebras, vejo a irmã Teresa à soleira, rindo. *Ho, ho, ho,* eu digo. Estendo a mão, e, para minha surpresa, ela aceita. Dançamos em ritmo de valsa, longe um do outro, entre nós um leve perfume de sabonete e incenso. Eu a conheço há muitos anos, e deixo que meu eu de 13 anos cante pra ela com toda a sua confusão e seus hormônios irritantes. Nós nos separamos, e ela volta para a porta. Vou até a cortina dos fundos estalando os dedos e, quando me viro para voltar, perco o ritmo. Ellis está parado com uma moça ao seu lado, o cabelo loiro-avermelhado caindo nos ombros cobertos por um casaco azul-marinho. Eles demonstram ter familiaridade, não há um espaço entre seus corpos, e sei que eles já se beijaram. Ela sorri pra mim e tem olhos inquisitivos, e eu sei que terei problemas com esses olhos, um dia. Não quero que a música pare. Quero continuar cantando e dançando, porque preciso de tempo pra saber o que dizer, porque sei que ELA é a tal, e eu só preciso de tempo.

Acordo com um solavanco. Como se o carro em que estou tivesse atravessado um mata-burro. É uma nova década, sei que é. Os anos 90. Que incrível. Eu me viro e fico ali mesmo por vários dias.

Os relógios foram adiantados e as manhãs estão iluminadas. Vou até o Soho pra fazer alguma coisa agradável, pois estou me sentindo tão normal que dói. Sinto que o pior já passou. Eu só precisava de tempo.

Sento-me do lado de fora do Bar Itália, sob um céu azul. Começo a ler um jornal, mas não permito que me incomodem. Vejo rostos conhecidos, sorrimos e acenamos. Peço um *macchiato* e o devolvo, porque não está do jeito que gosto, e eles me conhecem e sabem como sou, fui cliente regular durante anos. Lá dentro, Sinatra canta *Fly Me to the Moon*: a música de Annie. Ela era célebre por cantar muito mal essa música.

Todas as vezes que Annie canta um anjo perde as asas. Era o que eu costumava dizer.

Seja bonzinho, Mikey, ela dizia, acariciando meu rosto. *Seja bonzinho.*

Caminho pela Charing Cross Road e reparo nas manchas escuras formadas por chicletes mascados na calçada. Por que as pessoas fazem isso? Por que não se importam? Sinto os efeitos do café no meu peito e nas costas, um aperto crescente.

Subo os degraus da National Gallery e uma tontura me acomete. Sento-me perto da quitanda e penso em G. Ele está longe. Não sinto nada. Ele se foi. Passo pelas salas, aborrecido com a presença dos outros.

Paro diante de um quadro com quinze girassóis e penso em muitas coisas, e começo a sentir uma dor, e a dor é muito intensa. O que você viu, Dora? Conte o que você viu.

Me viro abruptamente. O homem que está ao meu lado me diz *Você pode se mexer?*

Eu o ignoro. Sinto que ele está me empurrando e me viro. *O que foi? Uma foto? Espere um pouco*, eu digo.

Empurrando, empurrando, empurrando.

Não me empurre!, alguém grita. *Tenho o direito de estar aqui! Entendeu? Tenho o maldito direito de estar aqui! O maldito direito!*

Então fico completamente imóvel, porque as palavras são minhas, e não sei o que fazer, porque todo mundo está me olhando, e o segurança vem vindo na minha direção e preciso fazer com que as pessoas não tenham medo de mim porque eu não faria mal a ninguém. Ergo as mãos e digo *Estou indo. Está tudo bem. Estou indo.* E vou andando de costas enquanto os outros me olham, e vou pedindo desculpas. Sinto-me tonto, mas não posso desmaiar, tenho de chegar à porta. *Sinto muito*, continuo murmurando. Lá fora, no frio. Continuo andando. *Sinto muito*, continuo andando.

Junho de 1990, França

ESTOU LIVRE, DORA, VIM PARA O SUL. CASAS DE PEDRA, campos de lavanda e olivais. Os ciprestes escuros de Van Gogh se erguem até o céu. Estou aqui por você, Dora Judd. Lembra quando eu tinha 12 anos e um dia você me disse *Me chame de Dora*? Você lembra? E eu disse *Dora? Um nome tão bonito, senhora Judd*. E você riu. *Às vezes você parece mais velho, Michael*. E eu retruquei *Você acha que tem esse nome por causa de Dora Maar?* Ellis perguntou *Quem é Dora Maar?* E você respondeu *A musa de Picasso*. E Ellis *O que é uma musa?* E você *Uma força rara, personificada por uma mulher, que inspira os artistas criativos*. Assim mesmo, foi o que você disse. Como se tivesse memorizado. E eu me recordo de cada palavra. Sem nenhuma pausa. Sem pensar. Personificada por uma mulher. Foi o que você disse. Por que estou me lembrando disso tudo agora, não sei. Por que estou rabiscando estas coisas pra você, minha querida amiga morta há tanto tempo, eu não sei. Talvez pra dizer, pelo menos, que você é minha musa, Dora. Estou aqui por sua causa. Por causa da noite em que você ganhou uma pintura em uma rifa.

Os lilases estão espalhados pela terra raquítica, os montes de calcário azulado dos Alpilles se erguem mais além. Estou muito cansado, andei por vários dias. A umidade confunde meus pensamentos. Minhas roupas estão encharcadas, e o suor me assusta; saio do caminho devido a uma necessidade absurda de fazer cocô. Agacho-me atrás de um arbusto e consigo fazer um buraco na terra antes de explodir. As nuvens cinzentas estão baixas, como se fossem um cobertor grosso retendo o calor, tão paradas, tão sufocantes. O estrondo de um trovão sacode o céu na direção dos Alpilles. Mas a chuva não virá, não haverá rendição. Ah, a alegria de encontrar um lenço no bolso, essas coisas pequenas. Ergo a calça e cubro o buraco. Ouço outro trovão. Nada de chuva, mas ao meu redor hordas de formigas. Sinto-me vazio, finalmente, e me pergunto por que essa é uma boa sensação.

Tomo água, que está quente. O que me deixa com mais sede. Posso sair deste caminho quando quiser. Encontro placas indicando cidades e hotéis, poderia facilmente desviar em busca de conforto, mas não faço isso. Estou me obrigando a seguir nesta solidão, a continuar andando. Existe algo no movimento — na necessidade de movimento — para lidar com traumas. Existem trabalhos acadêmicos a respeito do assunto, e eu li alguma coisa. Os animais, por exemplo, se sacodem para liberar o medo dos músculos. Também faço isso. Sob o sol, entre os arbustos, eu me sacudo, falo alto, grito. Por isso sigo pelo caminho, fascinado com o movimento da caminhada, confiando em um remédio invisível que me fará sentir humano outra vez.

O som de um balido me faz erguer o olhar, e vejo um pequeno mosteiro abandonado mais à frente. Parece abandonado, pois uma parte se encontra em ruínas e se transformou em abrigo para um pequeno rebanho de cabras brancas em busca de sombra. Mas quando me aproximo, percebo que a construção na verdade é uma espécie de moradia. Deixo cair a mochila no chão e sento nos degraus lisos que já absorveram o calor do dia. Tiro as botas e as meias, e noto de imediato que não continuarei a viagem nessa tarde. Dividirei o abrigo e a sombra com as cabras e dormirei com a música de seu linguajar.

Cochilo. Não sei bem por quanto tempo. O calor não diminuiu nem um pouco. Porém, estou ciente da companhia, imaginando que uma cabra mais curiosa esteja tentando me acordar. Mas abro os olhos e vejo um padre. Um pouco mais velho do que eu, talvez, difícil dizer. Ele tem um rosto amável, olhos benevolentes, e a pele morena do sul. Carrega uma grande tigela de terracota com água, onde flutuam flores de lavanda que liberam um perfume sutil. O padre coloca a tigela do meu lado e volta pra dentro. Mergulho os pés na tigela, e a sensação é simplesmente divina. Quando ele volta vejo um leve sorriso em seus lábios. De repente, compreendo que a água era para as mãos e o rosto.

Sou levado para um quarto escuro e silencioso. Um cheiro quase imperceptível de pedra úmida resiste, e também de incenso. Abro a veneziana e admiro as fileiras de lavanda púrpura. O som de abelhas e cigarras proporciona uma delicada trilha sonora para a bela paisagem, e também as cabras e seus sinos. Eu me viro, mas o padre já se foi. Minha mochila fora colocada ao lado de uma pequena cama de ferro, e acima da cama vejo um crucifixo. Junto da cama há uma escrivaninha, e sobre ela, uma vela de altar. Tiro o crucifixo da parede, coloco-o na escrivaninha e o cubro com minha camiseta. Ouço passos subindo a escada, entreabro a porta e avisto dois mochileiros passando em direção ao quarto de cima. Não consigo ver se são homens ou mulheres. As mochilas são grandes.

Chega a noite e, com ela, minha ansiedade. Observo a mudança de luz pela janela, as luzes alaranjadas das lavouras mais ao longe. Quando o céu adquire a tonalidade escura do azul-marinho, surgem as estrelas, na maioria brancas, mas às vezes consigo distinguir uma cor-de-rosa. Acima de mim, o som de um corpo caindo na cama. Um fio de luz penetra por baixo da minha porta. Uma sombra no chão, o estrondo leve de um trovão. Ouço uma batida na porta e eu fico de pé.

A luz invade o quarto. O padre carrega uma bandeja com pão e frutas, queijo e uma garrafa aberta de vinho. Ele coloca a bandeja sobre a escrivaninha, acende a vela e se vira pra sair.

Eu o seguro pelo braço e digo *Coma comigo, por favor. A comida dá pra dois.*

O padre fica. Comemos. Não falamos, mas bebemos do mesmo copo. A longa caminhada restabeleceu meu apetite, e minha boca adquire vida com o amargor do pão, com a cremosidade acre do queijo, com a doçura suculenta dos damascos. *Obrigado, eu digo. Merci.* Balanço a cabeça de leve, grato e ainda incrédulo.

Feixes de raios cruzam a linha do horizonte, mas nada de chuva. Os morcegos reivindicam o céu das andorinhas, e da terra emana o aroma de lavanda e doçura. Fico parado à janela. De vez em quando, o cheiro de mel da vela penetra minhas narinas.

Sinto um movimento atrás de mim. Seria a respiração? A presença de um corpo perto do meu? Fico parado, porque não tenho mais nada a oferecer a quem quer que seja. Sinto botões sendo desabotoados e tecido descobrindo a pele.

Então, me viro. O padre não está perto de mim, e me envergonho do meu desejo equivocado. O quarto esfria rapidamente assim que começa a chover. O padre se aproxima e põe as mãos em meus ombros. Seu olhar é amável, seu olhar está ferido. É como se ele soubesse. Eu me solto e deixo a cabeça cair. Sinto-me destruído pela minha necessidade dos outros. Pela dança erótica da memória que se apodera de mim diante da solidão.

Acordo cedo com o barulho de um sino tocando. Vou até a janela e observo a paisagem. Os mochileiros retomaram seu caminho, e as cabras continuam a festejar, despreocupadamente, nos arbustos. Como um pouco de pão e queijo da bandeja e bebo o que sobrou do vinho antes de tomar um banho.

Deixo dinheiro na escrivaninha e coloco o crucifixo em seu lugar na parede. Não há despedidas, apenas uma porta aberta para o dia ensolarado. A chuva que caiu durante a noite liberou o cheiro de uma terra benevolente. Agradeço por seus cuidados e por seu Deus.

O tom azulado da cadeia dos Alpilles se estende pelo sul de Saint Rémy sob a luz matinal, enquanto a névoa se desprende das colinas. Reinicio minha caminhada. Estradas, matas, propriedades agrícolas. As oliveiras se espalham ao longo do caminho, com suas folhas escuras captando cada movimento da sedutora brisa de junho.

Eu me sento em uma pedra e elevo o rosto direto pro sol, deliciando-me com a luz do sul. As cigarras fazem barulho, cantando sem cessar.

Lembro de ter contado a G a história da cigarra, e de sua indiferença costumeira em relação a todo o conhecimento arbitrário que escapava da minha boca. Contei que os gregos antigos ficaram tão enfeitiçados por essas pequenas criaturas que começaram a guardá-las em gaiolas para poderem se curvar sobre elas e ouvi-las sempre que quisessem. G disse que achava que eles também faziam isso com rapazes. *Bem observado*, comentei. *Mas...*

E continuei...

Elas vivem debaixo do solo durante a maior parte de suas vidas em uma espécie de estado larval, alimentando-se da seiva das raízes. Então, depois de cerca de três anos, emergem para o calor do verão, escalam alguma planta e trocam de pele. É aí que se inicia a transformação, eu disse. *E é somente nessas três últimas semanas de suas vidas que elas vivem acima do solo e os machos cantam. Às vezes para acasalar e às vezes para protestar. Então, o que você acha?*

Acho do quê?, ele perguntou.

Dessa história. Parece familiar, não?

Meu Deus, Mike. Isso não é uma analogia para os homossexuais, é?

Pense bem. Nós todos tivemos que sair das trevas para cantar.

Por volta do meio-dia o calor é implacável, e a estrada se transformou em poeira, uma poeira branca que cobre minhas botas e canelas. As olaias estão floridas, e grandes abelhas pretas trabalham, incansável, os corpos cheios de pólen.

Encontro uma pousada de aspecto muito agradável com quartos para alugar. É distante o suficiente da cidade, mas não longe demais, caso eu precise de algo. A placa é tão discreta que a disposição para atrair algum cliente mais parece uma reflexão tardia.

Sou levado para um quarto tranquilo no andar de cima, com vista para os fundos. O cheiro forte do rejunte revela a reforma recente. Coloco os poucos artigos de higiene pessoal na prateleira acima da pia. Tiro as roupas da mochila e penduro diante da janela, torcendo pra que a brisa de verão tire o cheiro de lona úmida que elas absorveram de um velho par de tênis que eu deveria ter jogado fora há muito tempo.

O sol do final da tarde ainda está quente; me dispo e coloco a calça e a camiseta na pia do banheiro, onde pretendo lavá-las mais tarde com xampu.

Por ora, estou nervoso. Nu diante do espelho, examino cada centímetro do meu corpo à procura das manchas púrpura que afligiram tantos outros. Não encontro nada. Só as marcas de mordidas de mosquitos, nos tornozelos e na parte de trás dos joelhos. Sento na cama, e o medo perde importância diante do calor amarelado e do ambiente confortável. Respiro lenta e profundamente, deixando passar esse momento.

Visto a bermuda, desço a escada e atravesso os jardins até a resplandecente piscina cor de absinto.

Sinto-me grato pelo silêncio ao redor da piscina. As pessoas estão fazendo a sesta pós-almoço ou passeando de carro pelos vinhedos de Les Baux-de-Provence. Estendo minha toalha sobre uma espreguiçadeira à sombra de um oleandro. Do outro lado da cerca vem uma música suave, um rádio tocando baixinho pra não incomodar. Quando a brisa sopra, pétalas rosadas, brancas e fúcsia caem em cima de mim, e eu me imagino como uma pira enfeitada por uma guirlanda de flores, acesa sob o sol escaldante.

Certa vez Annie me perguntou sobre o que eu e Ellis conversávamos. Eu disse *Nada importante,* porque era verdade, mas ela não pareceu convencida. E riu daquela maneira que costumava rir, uma reação à sua incredulidade. *Ah, Mikey,* ela disse, e segurou meu rosto e me beijou na testa. *Seu malandro. Lindo e doce malandro.*

Era 1977, e nós tínhamos nos tornado amigos. Estávamos nos embebedando em um restaurante no Soho, um italiano da velha guarda na

Dean Street. Acabáramos de comprar seu vestido de casamento em um brechó em Covent Garden, atraídos por uma vitrine com temática francesa, repleta de calças cápri, camisetas listradas e chapéus. *Deslumbrante.*

Quando Annie saiu do provador usando o vestido que a levaria ao altar, assobiei bem alto. Ela fechou a cara dizendo *Você nunca se comportou dessa maneira.* E eu retruquei *Nunca precisei.*

Comprei o vestido pra ela enquanto Annie punha de volta sua calça jeans favorita.

Ergui a garrafa, servi mais um pouco de vinho e continuei a conversa. Disse que Ellis e eu falávamos das coisas do momento. Que só existíamos na presença um do outro, porque era assim mesmo. Normalmente em silêncio. E para uma criança era um silêncio bom, porque não parecia existir nenhuma interpretação equivocada. Havia uma segurança na nossa amizade, afirmei. Simplesmente nos entendíamos.

Ela ficou em silêncio, pensativa. E me contou que uma vez perguntou a Ellis se chegamos a nos beijar. Annie falou que Ellis ficou olhando pra ela, tentando entender o que ela queria que ele dissesse. Depois de algum tempo, ele comentou *Acho que uma vez, mas éramos muito jovens.*

Annie achou a resposta muito banal, porque sempre imaginou que fosse mais do que isso, mais do que uma coisa da juventude. Ela só queria saber, ela me disse, para ser uma parte de nós. *Existe algo em torno do primeiro amor*, Annie falou. *Algo intocável para aqueles que não tiveram nenhuma participação. Mas é a medida de tudo o que vem depois.*

Não consegui encará-la.

Ela se levantou e foi ao banheiro. Paguei a conta, e os garçons limparam a mesa. Estava psicologicamente preparado para voltarmos para nosso péssimo albergue em Bloomsbury quando ela voltou com as pupilas brilhantes, o rosto corado.

Vamos sair. Quero ir aonde você vai, Mikey.

Annie agarrou meu braço, e caminhamos pelas calçadas iluminadas por néon até Charing Cross Road e o Astória. Paramos do lado de fora, e acendi um cigarro para nós dois, estudando os homens que entravam. Eu sentia os olhos dela em mim, observando. Desenterrando os anos de dissimulação. Sorri. Soltei a fumaça e joguei o cigarro na sarjeta. *Vamos*, eu disse.

A voz de Thelma Houston nos atingiu em cheio enquanto pagávamos nossa entrada, e logo fomos envolvidos por um ar abafado, o cheiro de suor e loção pós-barba aumentando ao nos aproximarmos de um grupo de clones sem camisa cantando *Don't Leave Me This Way*. Annie gritou *Cacete, puta que pariu! Veja aquilo!*

O palco estava apinhado de corpos rodando. Drag queens de couro dançando com punks, e no meio deles, garotos do subúrbio vivendo uma fantasia havia muito contestada.

Entreguei uma cerveja a Annie. A música estava alta demais para permitir qualquer conversa, por isso bebemos rápido, e uma nova música nos levou para a pista. *Dance Little Lady, Dance*. Ah, e como nós dançamos! O show de luzes iluminou shorts de cetim e ombros reluzentes. Comecei a achar que estava com muita roupa e tirei a camiseta, e Annie deu risada. *Não consigo ouvir você!*, eu gritei. Ela colocou a mão no peito. *Eu. Amo. Isto.* E na grande tela às suas costas, coreografias de Busby Berkeley se repetindo num looping.

O ar estava impregnado de suor e lança-perfume, e os garotos de couro dançavam sem parar. O show de luzes estroboscópicas captou o prazer no rosto de Annie, o cabelo grudado na testa. Um sujeito bigodudo, de colete e luvas brancas, dançava perto de nós. De repente ele enfiou uma garrafinha no nariz de Annie, e ela engasgou. Gesticulando, eu perguntei *Você está bem?*. Ela fez que sim, atordoada. *Que foda*, e ela sorriu.

Uma luz negra envolveu o salão, e seus dentes brancos brilharam na escuridão. Seu sutiã também, visível pelo decote profundo da camisa. Apontei pra ela. As mãos enluvadas dançavam acima de nós, os dedos brilhando como penas flutuantes. *Veja, Annie! Pombas voando!*, gritei. E então levei um susto ao sentir uma mão nas minhas costas, descendo por dentro da calça jeans. Uma explosão de lança-perfume no meu nariz, e meu coração bate no ritmo das notas baixas do desejo.

No silêncio, no escuro, a porcaria do albergue não parece tão ruim. Eram duas da manhã, e ainda sentíamos o zumbido nos ouvidos. Eu sentia um pouco de dor de cabeça, e sabia que ela também devia sentir. Ah, perdão, nariz e cabeça. Eu estava me sentindo inquieto e com muito calor. Bebi água clorada da torneira em um copo de plástico e quase engasguei de tanta sede.

Você não precisa dormir no sofá, Annie falou, da cama de casal que reservara para duas pessoas solteiras. *Estou bem*, eu garanti. *Sério.*

Ela se sentou. A silhueta de seu corpo iluminada apenas pela luz que vinha da rua.

Mikey, se você conhecesse alguém...

Eu sei, respondi.

Não queria ter essa conversa, e achei melhor cortar ali mesmo. A ideia era inconcebível. Eu jamais poderia inserir uma quarta pessoa em nossa vida. Eu não tinha espaço para amar mais ninguém.

Para além dos limites da pousada, o crepúsculo envolve a terra. A luz noturna vai caindo sobre os muros, tingindo-os de rosa e derramando sombras escuras. Estou consciente da minha solidão no silêncio intermitente ao longo da estrada. De vez em quando surge um carro sobre o cascalho mais à frente. Acima de mim, o canto estridente das andorinhas, irritante no início e então reconfortante, setas escuras cruzando o céu, executando sua última dança sob o sol. Caminho até alcançar os olivais, mas não chego à cidade. Quero companhia, e não quero companhia. Faço a volta. Minha instabilidade mostra que estou agitado demais pra dormir.

As velas estão apagadas nas mesas de jantar, e os portões externos, trancados, a conversa tranquila é desprezada pelo sono. Subo até o meu quarto e tiro a roupa. Passo repelente em todo o corpo e visto bermuda e camiseta. Desço e atravesso o gramado, seguindo a trilha de pedras que leva à piscina azulada.

As espreguiçadeiras foram reposicionadas, e as almofadas, guardadas. Tiro a camiseta e me abaixo para sentir a temperatura da água. Parece fria depois de todo o calor do dia. Em vez de mergulhar, eu pulo.

Dobro as pernas, e meus pés logo encontram o fundo. Volto para a superfície e começo a nadar, os braços cortando a água como lâminas. Um, dois, três, viro para a esquerda e respiro. Perto da parede, na parte mais funda, eu viro. Desorientação repentina, bolhas de ar, por um instante me largo. Por um instante muito breve, então meus pés batem na lateral e mexo os braços de novo, e respiro, e minha raiva me empurra para um lado e para o outro até meus pulmões cansarem e minha cabeça ficar bem, sem pensar em nada, até me tornar apenas um corpo em movimento. E a cada volta completada deixo pra trás uma camada de visitas hospitalares, de cheiros, de desesperanças, de medicamentos, de jovens que envelheceram muito rápido. E continuo nadando, nadando, nadando.

No meio da piscina, paro. O rosto pra baixo, boiando e respirando. Eu fazia isso o tempo todo em Long Bridges quando garoto. Aprendi a boiar antes de aprender a nadar. Ellis nunca acreditou que isso era conhecido como Homem Morto Boiando, achava que eu tinha inventado. Eu disse a ele que era uma posição de sobrevivência após uma jornada longa e exaustiva. Muito inteligente.

Tudo o que vejo lá embaixo é uma luz azul. Serena e eterna. Contenho a respiração até meu corpo vibrar em uma única pulsação. Viro e respiro profundamente, enchendo os pulmões, e fico observando a noite estrelada. O som da água que entra e sai dos meus ouvidos, e além desta concha humana, o som das cigarras preenche a noite.

Sonhei com minha mãe. Era uma imagem, apenas isso, uma imagem fugaz. Ela estava desbotada pela idade, como uma foto descartada no chão do estúdio. No sonho, minha mãe não falava, apenas saía das sombras, uma lembrança de que éramos iguais, ela e eu, cortados do mesmo tecido machucado. Entendo por que um dia ela se levantou e foi embora, por que confiou instintivamente na compulsão para fugir. A correção dessa atitude. Somos iguais, ela e eu.

Ela foi embora quando eu tinha oito anos. Nunca voltou. Lembro de que saí da escola com a nossa vizinha, a senhora Deakin, que me comprou doces no caminho pra casa e me deixou brincar com um cachorro. Em casa, meu pai, sentado à mesa, bebia. Ele segurava uma folha de papel azul coberta de letras pretas. E disse *Sua mãe foi embora. Ela falou que sente muito.*

Uma folha de papel coberta de palavras e apenas duas pra mim. Como era possível?

A vida que ela deixou foi colocada em sacolas e guardada em um quarto vago na primeira oportunidade. Enfiadas, não dobradas ou arrumadas — roupas, objetos, cremes, tudo misturado, esperando que a igreja viesse recolher. Minha mãe levou apenas o que podia carregar.

Em uma tarde chuvosa, quando meu pai foi à casa do vizinho pra consertar um cano, esvaziei as sacolas no chão e vi minha mãe em cada casaco, em cada blusa e em cada saia que pegava. Eu costumava ficar olhando enquanto ela se vestia, e ela deixava. Às vezes minha mãe perguntava minha opinião sobre as cores ou o que eu achava melhor, esta blusa ou aquela? E seguia meus conselhos, e me dizia que eu estava certo.

Me despi e vesti uma saia, depois uma blusa, um cardigã, e fui aos poucos me transformando em uma miniatura da minha mãe. Ela levara os sapatos bons, por isso calcei um par de sapatos de salto médio, grandes demais pra mim, é claro, e coloquei uma bolsa no braço. Diante do espelho, vi infinitas possibilidades. Desfilei, fiz caretas, sentindo o forro de cetim na pele, a eletricidade nos pelinhos das pernas.

Que diabos você pensa que está fazendo?!, meu pai perguntou.

Eu não percebi que ele tinha voltado.

Ele repetiu a pergunta.

Brincando, falei.

Tire esse negócio e vá para o seu quarto.

Comecei a tirar a blusa, arrasado pela vergonha e humilhação.

E a saia.

A saia escorregou para o chão revelando toda a minha nudez. Meu pai desviou os olhos, enojado.

Quero ficar com isto, eu disse, *segurando a bolsa.*

Não.

Só pra guardar meus lápis.

Se você algum dia sair desta casa com essa merda...

Fiquei esperando pela conclusão da ameaça, mas ela nunca veio. Meu pai desapareceu na escada e saiu pela porta da frente, deixando-me ali pelado, confuso, órfão antes do tempo. Eu era muito pequeno, e estava atordoado demais pra entender o que tinha acontecido naquele quarto. Mas o fato de meu pai ter falado tão pouco foi o que realmente doeu. Pra ele não havia o que falar, porque, se falasse, aquele momento seria real, tão real quanto o fato de minha mãe ter ido embora. Em vez disso, ele me jogou pra baixo do tapete, como fizera com ela.

Entendo como as decisões são tomadas em momentos como esse, que mudam a trajetória da vida de uma pessoa. Bem, ele não vai gostar de futebol, vai? Ele não vai gostar de esportes, de se sujar. Ele não vai gostar de fazer coisas de menino.

Por isso, quando meu pai saía para as suas partidas de futebol, eu ia pra casa da senhora Deakin para ler, ou ajudá-la a fazer bolos para a festa da igreja. Mas eu queria gritar *Também gosto de futebol! E quero estar com você. Quero estar com homens, suas risadas e seu jeito de fazer as coisas!* Mas em quatro anos nunca recebi um convite. E fui me retraindo cada vez mais até que mal podia ser visto contra o papel de parede ou as cortinas, até enfim desaparecer, apagado pela ideia de como seria um garoto com uma bolsa de mão.

Nunca usei a bolsa pra guardar lápis porque era preciosa demais. Em vez disso, ali eu guardava as coisas valiosas. Bolinhas de gude. Moedas francesas. Uma lista de todos os livros que já havia lido. Um canivete com cabo de madrepérola. E um dia, quando esvaziei a bolsa, havia uma linha presa no canivete, de uma cor diferente do forro. Puxei a linha e ela quebrou, então continuei puxando até soltar uma parte do forro. E encontrei uma pequena foto em preto e branco de uma moça caminhando na direção da câmera. Ela era muito bonita e usava óculos de sol, e sorria, o braço estendido para quem tirava a foto; minha mãe, imaginei. Eu não conhecia aquela mulher, mas a fotografia havia sido tirada na Trafalgar Square, porque reconheci os leões e a galeria ao fundo.

Quando fiquei mais velho, entendi que aquela mulher representava a libertação da minha mãe. Amamos quem amamos, não é mesmo? Espero que ela a tenha amado.

É um dia raro, nublado, e caminho até Saint-Paul de Mausole, o velho monastério transformado em hospital psiquiátrico onde Van Gogh passou um ano antes de morrer. O perfume da madressilva que cobre um muro próximo se espalha pelo ar nesse trecho da rua. Acho que é madressilva. O aroma é doce e perfumado, mas não sou muito bom com plantas — essa era a especialidade de Annie. Desvio o caminho por entre as oliveiras, onde o sol ainda não tirou as cores das flores silvestres. Mas em duas semanas a grama estará queimada e sem vida.

Dos pinheiros ao longo da avenida escorrem gotas da chuva que caiu mais cedo. A luz do dia é tímida, sem graça, e o ar, fecundo, não sufocante. As nuvens estão baixas, como uma cobertura, e reina a paz. Na capela, os vapores da deterioração penetram o meu nariz, e deixo rapidamente aquelas pedras moribundas entregues às suas lamúrias. Lá fora encontro um mundo vital. Encontro consolo no prédio ocre do outro lado da rua, acima do qual as pombas arrulham.

À minha frente, param dois ônibus e dezenas de turistas desembarcam. Fico irritado porque não estou preparado para encontrar gente. Por mais de uma semana permaneci recluso na pousada. Tomei café da manhã e jantei à sombra das árvores, e ocupei a espreguiçadeira no lado mais distante da piscina. Simplesmente não estou preparado.

O céu explode com a chuva, e um grunhido profundo reverbera através das nuvens escuras. Sob um pinheiro, vejo as pessoas gritando e correndo em busca de abrigo. E de repente, sem mais nem menos, as nuvens se afastam, o sol reaparece e o ar volta a ferver, capas de plástico são desvestidas e as câmeras ressurgem. Não foi assim que planejei o dia. E em vez de voltar à pousada, saio em direção aos campos, afastando-me cada vez mais e subindo até o garrigue e os pés de alecrim. Olho pra baixo, como um fantasma romano, e observo as ruínas de

Glanum. As marcas do passado sussurram através dos milênios. Posso ver Saint-Rémy ao longe e a oscilação de Avignon. Posso ver os Alpes. Aventuro-me pela paisagem. Se fosse um homem, eu diria que é rude, desalinhado e compenetrado. Se fosse um homem, acho que seria Ellis.

É o dia do seu casamento, Ell. Você passou a noite na quitanda porque daria azar ver o vestido de Annie. Está em pé perto da janela do meu quarto, olhando para o cemitério da igreja. Você se vira e olha pra mim quando eu chego. Estou surpreso por você ainda não estar vestido. Tomou banho e nem se secou direito. Seu cabelo está molhado, e suas costas, brilhando, e a barra da cueca, úmida. Você diz *Lembra...?*

E você fala da época em que veio pra cá depois da morte de Dora, depois que seu pai te obrigou a esmurrar as coisas boas da sua vida. Como você subiu a escada até este quarto com os punhos machucados e os olhos inchados, como eu segurei o saco de gelo na sua mão e disse que a vida ia melhorar. E então me dou conta de que você não está falando de Dora, ou do seu pai, ou de sofrimento. Está falando de nós.

Você lembra?

Sim.

Vamos lá, Ell. E você se afasta da janela, vem na minha direção. Eu te entrego o relógio. Suas mãos tremem. Seguro sua camisa branca, ainda quente por causa do ferro de passar, e você enfia os braços nas mangas. Você tenta abotoar, mas seus dedos são grossos e desajeitados.

Não sei o que está acontecendo comigo, você diz.

Nervos, eu digo, e abotoo sua camisa. Depois passo a calça e você veste. *Acho que minha cueca está molhada*, você diz. Eu fico quieto. Percebo que suas meias estão do avesso, mas não digo nada. Enlaço a gravata em torno do seu pescoço e faço o nó. Dobro e arrumo o colarinho da camisa. Você está com hálito de pasta de dente. Tiro o pedacinho de papel higiênico do seu queixo e digo que não está sangrando. Coloco as abotoaduras de prata nos punhos da sua camisa, e você enfia a camisa dentro da calça.

Sapatos?, pergunto.
Sapatos brogue gastos. Você se senta na cama e os calça. Foi a única coisa que eu lhe pedi pra fazer.
Você se levanta. Eu lhe dou o paletó e você o veste.
Cabelo, eu digo. E você passa os dedos na cabeça, já quase seca. *Certo, Ell.*
Dou um passo atrás. O terno tem uns dez anos. Lã azul-marinho leve, dois botões, lapelas estreitas e a perna da calça também estreita, terminando em cima do sapato. Camisa branca. Gravata marrom fina, com duas listras azuis. Aliso seus ombros com as mãos.
Estou bem?
Muito bonito, eu garanto, com naturalidade, ignorando o nó na garganta.
Você está com as alianças?
Eu as tiro do bolso. *Tudo certo.*
Mabel grita *O carro chegou!*
Eu estendo a mão pra você.
Você olha para mim. *Obrigado...*
Tudo bem. Vamos lá.

A noite é meu período de recuperação. O passeio pelos jardins enquanto a pousada dorme. O ritual de tirar a roupa sob a noite escura, a sensação da água ao mergulhar, ao subir e voltar para a superfície. A força dos meus pés e pernas ao nadar. Um, dois, três, respirar. Viro, volto. Meus pensamentos entorpecidos pela monotonia, minha raiva domada pelo rigor. E no azul cintilante, lentamente me encontro de novo.

Após o jantar, fico um bom tempo sentado sob a luz das velas, com as bênçãos da fumaça de espirais pra matar mosquitos, bebendo o *rosé* local como se fosse água. Ouço a conversa dos outros porque minha compreensão do francês melhorou bastante. Um casal de idosos, que está a semana toda hospedado aqui, passa pela minha mesa e dá boa-noite. Ergo o copo e os cumprimento.

Paro na beirada da piscina e fecho os olhos. Nem uma brisa sequer. Apenas a minha respiração. Que não é silenciosa, porque minha boca está aberta e estou respirando profundamente, puxando o ar do abdome. E durante a noite minha barriga faz barulho e não sei por quê. Entro na água e começo a nadar. Meu ritmo é forte como sempre, mas em pouco tempo minha respiração se torna difícil, inspiro várias vezes seguidas e então fico sem fôlego. Preciso parar de nadar. Estou boiando, não vou a lugar algum e choro. Abandonado pela raiva que me motivava, sou consumido por uma tristeza avassaladora que me deixou indefeso no meio da piscina. E então choro por todo mundo. Por Chris, por G, pela minha mãe, pelo meu pai, pela Mabel, e pelos rostos sem nome que desaparecem a cada ano. Luto com as lágrimas e não consigo fazer muito mais que procurar a beirada.

Descanso até me acalmar e normalizar a respiração. Me ergo e sento na borda da piscina com uma toalha em torno dos ombros. E me pergunto qual poderá ser o som de um coração partido. E acho que deve ser baixo, quase imperceptível, sem nenhuma dramaticidade. Como o som de uma andorinha esgotada caindo suavemente na terra.

Na terceira semana de junho chega a hora de deixar a pousada. Outros ocuparão meu quarto, e eu tenho de ir. Quando estou pagando, o gerente, *monsieur* Crillon, me diz *Volte logo*.

Caminho pela trilha de pedras onde fileiras de lavanda e oleandro desafiam uma centena de tons de verde. Paro no fim da rua, em um cruzamento, e me pergunto o que estou fazendo. Não estou preparado pra ir embora. Não quero ir embora. Em vez de fazer sinal pro ônibus, volto para o lugar de onde vim.

Voltou logo, e *monsierur* Crillon sorriu.

Estou procurando trabalho, digo em francês.

O gerente me diz que não têm mais trabalho para homens, e que a única vaga disponível é de arrumadeira. Vaga que abriu naquela manhã. *Não é pra homem*, ele afirma, *limpar os quartos*. Ele balança a cabeça. *Não é para um homem*, repete.

Digo que poderia fazer aquilo. Já havia feito antes. Propus um teste de uma semana.

Ele me olha fixo. Repensa. E dá de ombros. Concorda em fazer um teste de uma semana.

Troco os lençóis e lavo; limpo os banheiros e boxes; varro o chão. Cada tarefa, pra mim, é a prova de que ainda sei cuidar. E os pequenos toques que deixo pelo caminho, os vasinhos de lavanda, de vetiver ou de alecrim, ou os artigos de higiene muito bem arrumados sobre o peitoril de ardósia, que fazem com que os hóspedes sorriam quando voltam para seus aposentos, bem... são essas coisas que me garantem o emprego e, ainda mais importante, me proporcionam um tempo precioso.

Nos fundos da pousada, já no limite da propriedade, há quatro galpões brancos que servem de moradia para os funcionários que não têm um lugar pra dormir na cidade. São oferecidos em troca de uma parte do nosso pagamento, algo que não me incomoda de maneira alguma. No quinto galpão, pintado de azul, estão o banheiro e chuveiro.

Meu galpão se chama Mistral e fica à beira de um campo de girassóis. Tudo de que preciso está neste pequeno quarto: uma cama, uma mesa, espelho e abajur. Em pouco tempo descubro que divido o espaço com um lagarto curioso e um gato feroz que mantém os bichos bem longe. Continuo cuidando de uma tosse que é mais do que um simples pigarro, ou de uma ferida na boca que não estava ali na véspera, e sigo monitorando meus olhos em busca de manchas recorrentes, mas até agora nada. Está tudo bem com meus olhos, só estão irritados por causa do cloro; a ferida da boca se deve ao excesso de suco de pêssego e desaparece assim que recupero o gosto por água.

Por causa disso, vou me acalmando. Eu me levanto cedo, com o sol, abro as persianas e descanso os braços na borda, e deixo meu olhar vagar por aquele mar cintilante de amarelo. Sento-me do lado de fora, com um bule de café em cima de um pequeno aquecedor a gás, e, enquanto a manhã se ilumina, observo os girassóis erguerem a cabeça e aprendo a decifrar seus sussurros.

* * *

Passou um mês. À noite, exausto depois de muitas horas de trabalho físico, eu me encolho na escuridão e no calor, e me protejo de mosquitos vorazes e sem coração. Depois de voltar do chuveiro, me deito nu e molhado sobre o lençol branco e fico ouvindo o som de um violão tocando ao longe. O gato se aninha no meu braço. Gosto desse gato, é uma boa companhia, e eu o chamo de Eric. Às vezes, quando os turistas estão dormindo, atravesso os jardins sorrateiramente e pulo o portão da piscina. Nado de lá pra cá, comprovando meu bem-estar. Mas suavemente.

E há dias, eu percebi, em que me esqueço de examinar minha pele no espelho, e não examino o contorno úmido do meu corpo no lençol. Confio que o suor seja apenas uma reação ao calor. Meus braços e pernas estão bronzeados, minha pele está mais macia, e a barba cresceu. Sorvo a luz da manhã e me sinto contente quando começo a lavar e passar os lençóis brancos.

Tirei dois dias de folga e decidi pegar o ônibus para Arles, pra ver o *Rencontres de la Photographie* antes que terminasse, em setembro. Desci na Place Lamartine, com o rio Ródano à minha direita; à minha esquerda estava o lugar onde antes ficava a Casa Amarela de Van Gogh — agora há um estacionamento sem graça e uma rotatória em luta com o pesado tráfego de turistas.

Cruzei o pórtico da antiga Cidade Romana, onde os bares e cafés se preparavam para a festa. Nas vielas sinuosas, ouvia-se o canto dos pássaros em gaiolas penduradas nas janelas sob a sombra das flores. Vi a placa indicando o caminho para o hotel, e o cansaço me apressou o passo.

Deitei na cama com as persianas escancaradas. Os sons que vinham da rua eram reconfortantes — o gemido ocasional de um ciclomotor, o rápido bate-papo de alguns moradores, o guincho das andorinhas. Peguei uma cerveja gelada no minibar e encostei na testa antes de abrir a garrafa.

Acordei com o crepúsculo, faminto e morto de sede. Fechei as janelas e acendi uma espiral para mosquitos. Liguei o ventilador da parede, apanhei uma garrafa de água da geladeira e derramei no peito. Senti-me revigorado com o ar batendo na pele, a cabeça livre do torpor causado pelo sono da tarde.

Fui seguindo as conversas pelas ruas até que o zumbido incessante ficou mais alto, as ruas, mais agitadas, e então cheguei à Place du Forum e encontrei o mundo reunido ali. As mesas dos bares e restaurantes estavam repletas de gente. Me senti meio perdido e, de repente, me deu vontade de fumar, um cigarro francês, é claro. Voltei até a pequena tabacaria e comprei um maço de Gitanes. Fiquei ali parado, fumando. A nicotina ardeu na garganta, e minha cabeça ficou zonza; ainda assim fiquei grato pelo adereço estiloso.

Dali eu podia ver o terraço do café que Van Gogh pintara. Podia ver além do amarelado de seu comercialismo vulgar, a prova viva de que o homem caminhara por aquelas pedras e sentara-se nesse cenário, em busca de inspiração ou apenas companhia. Refiz seus passos pela praça até um pequeno bar com uma tevê sem som e a cabeça de um touro pendurada na parede. Sentei-me a uma das mesas. Sentia-me constrangido e profundamente só, mas pra isso não havia cura fácil. Pedi uma jarra de vinho *rosé* e um cozido de touro. Fumei, escrevi. Não me curou, mas ajudou.

No dia seguinte, acordei cedo. Os telhados de terracota já assavam sob o mais azul dos céus, e o calor me encurralava em becos e vielas quando eu menos esperava. Procurei alívio no coração fresco de igrejas e pátios escondidos, onde descobri o trabalho de fotógrafos de quem jamais tinha ouvido falar. (Anotei o nome de Raymond Depardon.)

Na hora do almoço, eu começava a ficar incomodado com tanta gente, e senti que não conseguiria enfrentar a batalha por uma mesa de restaurante. Comprei uma garrafa de água e um sanduíche, e peguei a rua principal em direção à necrópole romana de Alyscamps.

Não havia filas na bilheteria, mas na entrada estavam quatro peregrinos com mochilas nas costas e conchas no pescoço. Santiago de

Compostela, eu descobri, se achava a 1.560 quilômetros de distância. A jornada desses peregrinos começaria na entrada da cidade antiga. Aquela era uma ocasião muito importante para não observá-los enquanto seguiam seu caminho.

Comi meu sanduíche à sombra dos pinheiros e, quando cheguei à igreja de Saint Honorat, meu pescoço ardia com a violência do sol. Ninguém no interior da igreja. As pombas haviam tomado conta das saliências mais elevadas e faziam um barulho que ecoava no escuro. De repente, uma pomba saiu voando e me assustou. Depois veio outra, e outra, um efeito dominó de pombas voando, o barulho reverberando na pedra, o sibilar de sombras emplumadas, de vez em quando uma ave lançando-se em direção à luz do sol. E então, silêncio. O ar parado. A distância, o barulho de um trem deslocando-se ruidosamente, a dança do siroco nas árvores, a canção das cigarras e uma história de transformação.

Senti uma necessidade irresistível de escrever. Revirei a mochila, mas não encontrei meu caderno. Entrei em pânico. Ele se tornara meu melhor amigo. Meu *imaginarium*. Meu esteio. E eu chorei. O ato de escrever se tornara meu conforto, minha disciplina. Ah, sábio doutor. Entendo o que quis dizer, tantos meses atrás.

Não fiquei em Arles naquela tarde, não consegui. Sentia-me muito abalado com a perda repentina e, quem sabe, talvez estivesse aí uma pista para a minha fragilidade. Fui correndo até a estação e peguei o primeiro ônibus para voltar a Saint Rémy. A viagem me pareceu aborrecida e longa demais, e o calor dentro do ônibus, insuportável. Procurei a garrafa de água na mochila e encontrei meu caderno, escondido no fundo, em uma dobra do tecido. O que posso dizer? Acho que nada daquilo tinha a ver com o caderno.

Naquela tarde, parado no meio do meu campo de girassóis, fiquei olhando para o sol como eles. Não sei por quanto tempo estive assim, mas, quando abri os olhos, vi uma jovem me fitando da beirada do campo. Eu a reconheci. Ela e seu namorado tinham começado a trabalhar no restaurante da pousada algumas semanas antes. Caminhamos um em direção ao outro.

Olá, ela disse em inglês com um leve sotaque francês, e se apresentou. *Marion. E aquele ali é Guillaume. Meu namorado.*

Ah, e eu sorri. *O rapaz que toca violão.*

Pegue, estive no mercado. Em sua mão bronzeada havia um pêssego.

Obrigado.

As pessoas chamam você de monsieur *Triste. Sabia disso?*

Tornei a sorrir. *Não*, respondi. *Pensei que me chamassem apenas de* l'Anglais.

Sim, isso também, ela confirmou, e fomos caminhando lentamente até os galpões brancos. *Você parecia muito tranquilo agora há pouco.*

Eu estava.

O que fazia?

Pensava em minha amiga, afirmei. *Ela tinha um quadro de girassóis na parede de casa, e às vezes, sem mais nem menos, parava diante dele. Assim. Ficava olhando pro quadro. Como se procurasse algo. Uma resposta. Alguma coisa.*

O que você acha que ela estava procurando?

Não tenho certeza, eu disse, e continuamos andando. *Aceitação*, acabei por sugerir.

Como sabe?

Apenas sei.

Venha jantar conosco esta noite. Pode ficar escrevendo. Não precisa falar, monsieur *Triste. Mas você precisa comer. Sardinhas às oito.*

Eles cozinharam do lado de fora usando um fogãozinho de camping. Às cinco para as oito o cheiro de peixe grelhado bateu na minha porta. Abri uma garrafa de vinho para eles, e lavei frutas e tomates. Sentei-me em sua companhia, mas não escrevi. Preferi observar a troca de gentilezas, os olhares descomplicados de um para o outro. Ouvi-os cantar e tocar violão. Senti a gratidão de um cachorro perdido adotado por uma família.

Quando saí, ela me deu lavanda para colocar em meu quarto. O perfume é tão forte.

O verão vem chegando ao fim. Alguns quartos estão vazios, e o restaurante reduziu o cardápio, abrindo apenas três vezes por semana. As pessoas tocaram suas vidas, e meus dias de trabalho são curtos. Tem algo que quero fazer — experimentar — antes de ir embora. Todo mundo diz que preciso.

Pego um táxi, que passa por Mausanne les Alpilles e pelos vinhedos de Les Baux-de-Provence, até chegar ao bistrô em Paradou. Sob a luz do entardecer, sento-me do lado de fora, tomo pastis e fumo um Gitanes e observo as pessoas, como sempre faço.

Entro para jantar antes das oito e me acomodo a uma mesa para seis. Os escargôs são colocados à nossa frente, o aroma de alho se desprendendo como a névoa de um lago. Demora algum tempo até que todos ergam o rosto do prato e reconheçam que estamos vivendo essa experiência, juntos. O vinho ajuda. Sirvo os copos vizinhos com Côte du Rhône. Sorrimos. Fazemos comentários a respeito da comida em francês, inglês e espanhol, pois somos uma mistura de nacionalidades à mesa.

Em seguida vem o frango, a pele crocante e salgada, e *tagliatelle* com molho de cogumelo pantorra. Dispenso a sobremesa, mas aceito o queijo, e um carrinho se aproxima de mim com todos os tipos de aroma que as várias fermentações são capazes de criar. *Quanto tempo você pretende ficar?*, alguém me pergunta. *Não muito*, digo, e surpreendo a mim mesmo ao completar *Estou voltando pra casa*.

No táxi de volta à pousada sinto-me bem alimentado e bêbado. Fico observando a paisagem mergulhada no escuro, com o dourado de Les Baux brilhando à minha esquerda. Pergunto ao motorista se pode parar, e ele estaciona na beira da estrada. Abaixo o vidro da janela e respiro o ar do garrigue. Penso em casa. Mas, acima de tudo, penso neles. Esses são meus últimos pensamentos, os que lembro, antes de pegar no sono.

Vou embora com os últimos raios de calor; a luz de outubro se aproxima e começa a amenizar os dias. Marion e Guillaume se despedem de mim diante dos galpões. Sinto que me observavam me afastar. No portão, eu me viro para um último olhar, um último aceno. As nuvens se afastam e o sol me diz adeus.

No trem, cochilo, acordo, cochilo, e pinto a paisagem provençal em minha mente para Dora, uma última vez. O verde complementando o azul profundo do céu, o ar fervilhando de energia. Casinhas de pedra branca interrompem a cena, e mais além delas, um lampejo de amarelo, gritando. Em primeiro plano. As formas silenciosas de dois amantes. Sempre dois amantes. Obscurecidos na memória.

Peço um café e uma baguete com queijo no vagão-restaurante e uso as moedas que tenho no bolso para pagar. Perco muito tempo contando as moedas menores e começo a ouvir murmúrios de contrariedade às minhas costas. Eles acham que não entendo. Ao me virar, faço questão de agradecer pela paciência e cortesia usando um francês perfeito.

O café me acorda. A partir daí, quase não tiro os olhos da janela. No reflexo do vidro, vejo um grupo de jovens se espalhando pelos lugares disponíveis. Vejo dois rapazes sentando-se na frente um do outro. Suas pernas estão estendidas e de vez em quando se tocam. Esfregam o pé na coxa um do outro. São garotos em corpos de homens, mas ainda são garotos, ainda inseguros, sem tato. Capto um lampejo do meu eu jovem no reflexo, enquanto a paisagem passa de quente para fria, de selvagem para bem cuidada, com nuvens cinzentas se juntando acima das colinas mais altas.

Olho para esses jovens, não com inveja, mas com admiração. Está nas mãos deles agora a beleza da descoberta; a infinita paisagem lunar da vida se descortina.

Novembro de 1990

LONDRES É CINZENTA.

Faz tempo que não escrevo, porque tenho andado ocupado.

Passei os dias limpando meu apartamento até ficar apenas com uma poltrona e um rádio, uma mesinha lateral — isso é tudo de que preciso. Mais tarde tenho uma consulta médica e, no caminho, vou falar com um corretor pra ver se vendo o apartamento ou se alugo. Estou simplificando minha vida. Meus pensamentos estão claros e simples.

Saio pra correr todas as tardes, evitando as horas mais movimentadas do almoço e do final do dia, quando a cidade se torna mais agitada, e as calçadas, obstruídas. Minha rota preferida é a do rio, um circuito da Southwark Bridge até Hungerford, passando pela Saint Paul, encarando a Ludgate Hill, cortando até Old Bailey e chegando ao Barts. Faço uma parada no Barts. Sento em um banco e me ponho a pensar em G. Às vezes tenho a companhia de motoristas de táxi, que vêm tomar o café comprado na cafeteria do outro lado da rua. Eles me perguntam de onde estou vindo, e eu conto a eles. Dizem que já estiveram em forma, mas acabaram deixando de lado. Digo que nunca é tarde demais para começar. Alguém me fala de um parente que morreu no Barts. Quando parecem gentis, comento sobre G.

Falo com os pais de G pela primeira vez. Queria ter certeza de que haviam recebido a caixa com as coisas que eu lhes enviara. Eles são educados. Agradecem, mas eu não estou atrás de agradecimentos. Estou resolvendo as questões pendentes, só isso. Eles dizem que talvez vendam as telas e os cavaletes, e eu respondo que devem fazer o que acharem melhor. Dizem que querem se lembrar dele como era. Eu digo que isso é bom. Perguntam como estou. Afirmo que estou bem. É um telefonema rápido, uma espécie de cessar-fogo.

Acordo de estalo às três da manhã. E sou uma criança parada diante da porta do quarto de Mabel. Lembro que é a primeira noite após a minha chegada a Oxford, e no escuro minha compostura dera lugar ao medo.

Como você quer que eu te chame?, perguntei a ela.

Por que isso?

Como você quer...

É o que está te preocupando, Michael?

Eu não te conheço direito...

Mabel. Você sabe que me chamo Mabel. Não precisa me chamar de nada além disso, se não quiser.

Ela disse *Somos como dois cachorros, você e eu. E teremos que sentir o cheiro um do outro até termos certeza de que nos conhecemos. Mas eu te amo. E esse é um bom começo. E estou muito feliz por você estar aqui.*

Fui até a janela e abri a cortina. Fiquei olhando para o cemitério da igreja.

Está vendo alguma coisa?, ela perguntou.

Não, nada. Está escuro. Só vejo árvores e neve.

Nenhum fantasma?

E costuma aparecer algum?

Isso seria bom?

Acho que sim, falei. E estava prestes a me virar quando ela disse *Você pode vir pra cá comigo, se quiser. Se estiver com frio. Se a sugestão não for boba demais para um garoto de 12 anos.*

Mabel empurrou as cobertas e ofereceu *Você pode ficar desse lado, e eu fico aqui. E não precisamos nos tocar. Apenas faremos companhia um ao outro, e companhia é uma coisa boa em qualquer idade.*

Oxford

ALUGUEI UM QUARTO PERTO DA FOLLY BRIDGE. ELE É BEM grande, e tenho meu próprio banheiro. É mais luxuoso do que eu esperava, e minha senhoria, a senhora Green, não é enxerida nem parece ansiosa para se livrar de mim durante o dia. Ela gosta de palavras cruzadas e fala as respostas em voz alta; e aprecia ter-me por perto.

Há dias em que vejo um pouco do mundo exterior. Fico sentado, olhando pela janela, tranquilo, em paz, observando esta cidade tão familiar. Peguei um resfriado e não posso fazer nada, mas não me preocupo. Quando me sinto fraco, descanso.

Ainda não vi Annie ou Ellis. O destino não interferiu, mas suspeito que o destino esteja esperando por mim. Sinto vergonha por tantos anos de silêncio, mas não consigo imaginar como será o próximo capítulo, e não sei por onde começar. Vou esperar mais um pouco. Preciso estar forte para enfrentá-los.

Hoje as chuvas fizeram subir o nível do rio, e as passagens laterais estão enlameadas. Na outra margem, uma equipe de remadores vem voltando a pé para a casa de barcos. O vento frio sopra com força, e nuvens escuras encobrem o Tâmisa. Não estou preparado para esse tempo. A falta de cuidados comigo mesmo às vezes me choca.

A praia de Long Bridges não fica longe, e instintivamente me deixo levar pela batida do meu coração. Faz tempo que estive ali e, diante daquele abandono sombrio tenho dificuldade para visualizar o lugar como era, pois ficou a lembrança dourada de uma despreocupação de verão, cheia de sol e risadas. As laterais de concreto ainda são visíveis, os degraus também, desaparecendo agora na água marrom do rio. Foram tiradas as pranchas de mergulho, mas os trocadores continuam lá, cercados de tábuas contra invasores. Quase consigo me ver ainda menino.

Existe outro lugar aonde eu costumava ir nos meus 20 anos, onde os homens podiam tomar sol nus. Ficava no rio Cherwell, e eu preferia ir sozinho.

Durante os longos meses de inverno eu me tornava celibatário. Focava no trabalho e trabalhava até tarde, e encontrava uma válvula de escape nas revistas sujas que recebia pelo correio. Mas a partir da primavera mantinha-me em vigília permanente à espera dos primeiros dias quentes, quando a margem do rio ganhava vida com corpos, jovens e velhos.

Eu ia tirando a roupa — lentamente, é claro —, cercado por estudantes e senhores grisalhos, provocando todos eles. Saía nadando até o meio do rio, virava de costas e ficava boiando, até ter certeza de que todos os olhos estavam voltados para mim. Só então eu retornava e me secava ao sol.

Eu costumava ser um mistério por ali. Mas quatro verões depois, se algum desses homens encontrasse com outro e eles conversassem, não restaria muito mistério. Eu havia passado por todos e fora examinado como uma peça de ágata bem polida. Se sentisse o olhar de alguém, eu me virava e encarava, demonstrando uma confiança crua e desavergonhada. Brincava com eles. Era uma espécie de desafio. Como se dissesse "Agora é sua vez". E se eles se vestissem enquanto olhavam pra mim, eu esperava alguns minutos antes de me vestir também. Circulei por Lincoln, Christ Church, Brasenose, fingindo que emprestava livros, fingindo estudar. Minha aparência era jovem, e minha juventude, audaciosa.

Eu me deitava naqueles minúsculos quartos empoeirados e deixava que o crepúsculo do verão me desabotoasse.

Certa ocasião, um bolsista de Rhodes. Camisa Brooks Brothers e calça cáqui, um homem com o peso prematuro da meia-idade e pau grosso e curto. O quarto dele era igual a todos os outros que eu tinha visto. Uma mistura bolorenta rescendendo a sono, sêmen e livros. Mal tínhamos passado pela porta e ele me serviu um copo de xerez, esperando, imagino, dar um toque de classe ao que iríamos fazer. Depois viria a música clássica — por correntes musicais: Shostakovich um dia, depois Beethoven, mas sempre em alto volume. Após o xerez ele me incentivava a tomar um banho, e quando eu voltava para o quarto, sempre ficava aliviado por encontrá-lo deitado de bruços na cama, sabendo que o animal que ele tinha entre as pernas jamais chegaria perto de mim. E trepávamos ao ritmo de cordas e tímpanos sob a foto de uma jovem namorada loira, que não desconfiava de nada.

Ele só gostava de ser fodido, e para ele era sempre doloroso por mais gentil que eu fosse, mas nunca me pediu pra parar. Acabei percebendo que a dor era necessária pra ele. Impedia o amor. Impedia que o ato fosse infidelidade.

No final daquele verão, fiquei realmente viciado em vinho fortificado, e desenvolvi uma aversão a música clássica. Londres era Donna Summer e vodca. Tratava-se de um fato irreversível.

Mas tenho muito carinho por homens como ele. Foram meus mentores. Eles me mostraram como compartimentalizar minha vida, como manter as coisas separadas, como passar. E apesar de terem sido, às vezes, o ponto alto das minhas histórias ou piadas patéticas compartilhadas no travesseiro, sou muito grato a eles. Eu ainda era muito tímido e medroso, e aqueles momentos eram tudo: minha solidão mascarada pelo desejo sexual. Mas era minha humanidade que me levava a procurar, só isso. Que nos levava a todos. A simples necessidade de pertencer a algum lugar.

Continuo andando. O vento está ficando mais fraco. Sento-me em um banco e observo o treino dos remadores. Uma criança me dá um pedaço de pão para alimentar os patos, o que faço com prazer. A mãe dela pergunta se estou bem, por causa da tosse. Digo que venho melhorando e agradeço pela bala de menta. Aperto o cachecol e continuo caminhando.

Eu me lembro de como as amizades iam e vinham na época dos meus 20 anos, início dos 30. Eu era muito crítico — encarava qualquer desentendimento sobre um filme ou alguma questão política como uma permissão para me retirar. Não havia ninguém que se comparasse a Ellis ou Annie, e assim me convenci de que não precisava de mais ninguém além deles. Eu era um barco a vela atento à brisa, contornando boias antes de seguir para o silêncio descomplicado de uma baía tranquila.

O pub onde eles fizeram a festa de casamento fica mais à frente. Viemos de táxi de Holy Trinity e caminhamos pela lateral do rio em lenta procissão. Eu carregava uma bolsa com toalhas e roupas de banho, e, quando chegamos a Long Bridges, perguntei *Quem quer nadar?*. *Você está brincando, certo?*, Annie retrucou. *Não*, eu disse, e abri a bolsa, e ela soltou um gritinho e saiu correndo pela grama para trocar o vestido branco por um traje cor de laranja. *Confio em você*, Ellis disse. *Você sempre pensa em tudo.*

E nós três fomos nadar. Eu e o senhor e a senhora Judd.

E com os cabelos ainda úmidos e despenteados, tomamos champanhe no jardim do pub e comemos peixe com batata frita, e a noiva e o noivo cortaram um bolo simples que Mabel fizera no dia anterior. Tudo muito real, não perfeito. Mas foi exatamente por isso que foi tudo tão perfeito. Eu disse isso no discurso. Sem brincadeiras, apenas lembranças. Na verdade, um pouco meloso, sobre como nos conhecemos uma semana antes do Natal. Annie do Advento. Como o amor é crucial para a liberdade.

Sob a luz suave da noite, com a pequena reunião ficando ainda menor, Ellis veio atrás de mim e me encontrou neste trecho do rio. Ainda consigo vê-lo, tão bonito de terno, uma beleza meio torta com os sapatos gastos e o nariz vermelho. E ficamos lado a lado, com a luz refletindo na água, e os remadores passando. Dividimos um cigarro, e entre nós se formou uma paisagem ressecada, coberta pelos ossos dos planos abandonados que apenas nós dois conhecemos um dia. Ouvimos alguém gritar nossos nomes a distância e, quando nos viramos, Annie vinha correndo descalça em nossa direção. *Ela não está linda?*, comentei. *Eu a amo.* Ellis sorriu. *Eu também. E ela te ama. Que bela dupla somos nós*, eu disse. Foi um alívio poder rir finalmente. Annie tirou o cigarro da minha boca e deu a última tragada antes de dizer *Venha pra Nova York conosco, Mikey. Você sempre quis ir. Vamos! Ainda há tempo. Encontre conosco amanhã. Ou depois. Mas venha.*

Minha vontade era gritar "Sim!", para continuar a fazer parte de vocês, "Sim!" para que nada mudasse, "Sim!". Mas eu disse *Não posso. Vocês sabem que não posso. É sua lua de mel. Agora vão embora. Comecem a curtir.*

Nós nos despedimos deles no pub. *Boa sorte, boa sorte, divirtam-se!* E o confete voltou a cair. Senti a mão de Mabel nas minhas costas, mantendo-me de pé com firmeza. *Esfriou*, ela constatou. *Vamos pra casa, você precisa se aquecer.* Quase desabei com aquele gesto. Sentamos em silêncio no banco do táxi, nenhum comentário sobre o dia lindo, ou sobre as roupas dos convidados, ou sobre quem disse o quê. Eu podia sentir seu olhar. Ela pegou minha mão, esperando que eu desmoronasse. Foi assim que eu soube que Mabel sabia. Que sempre soubera. Como se ela também tivesse visto outra versão do nosso futuro orbitando em torno de nós. Antes de cair na terra naquele dia real e perfeito.

Foi Mabel quem me disse pra aceitar o trabalho em Londres. *Venha me visitar nos fins de semana*, ela pediu. E fiz isso, religiosamente. Nas noites de sexta, Mabel me esperava diante da quitanda, com uma lista de todas as coisas que queria me contar. E no restaurante da frente, ela comprava uma garrafa de Chianti Ruffino, que já esperava por mim aberto sobre a mesa da cozinha. *Respirando*, ela gostava de dizer, como se fosse um bichinho. E às vezes Ell e Annie estavam ali também, como nos velhos tempos, risos e lágrimas, mas com uma pequena diferença. O pronome "nós" em vez dos nomes de cada um, e uma dor recente no fundo do meu estômago.

Quem éramos nós, Ellis, eu e Annie? Tentei explicar várias vezes, mas não consegui. Nós éramos tudo, e então nos separamos. Mas eu me separei. Sei disso. Depois da morte de Mabel, nunca mais voltei.

Está anoitecendo. Muitos ciclistas em volta, não consigo relaxar. Estou com frio e quero voltar para a casa da senhora Green e para o meu quarto. As luzes da Folly Bridge de repente parecem lindas e acolhedoras.

Dormi bem e acordei forte e disposto. Agora preciso me encontrar com eles, sei que preciso. A senhora Green está satisfeita porque comi tudo o que ela preparou para o café da manhã inglês completo pela primeira vez esta semana. Minha tosse acalmou, sinto apenas um leve pigarro. No corredor de entrada, verifico as mensagens na secretária eletrônica. Nenhuma notícia do corretor imobiliário, Londres está me deixando em paz. A senhora Green se sente feliz com o fato de que continuarei por aqui por mais alguns dias. *Pelo tempo que você quiser, Michael*, ela diz, *você não incomoda de maneira alguma*. E seus olhos miram instantaneamente um de seus inquilinos regulares, um vendedor que acabou de chegar de Birmingham. Ela me dá um copo com suco de laranja antes de eu sair. *Acabei de fazer*, ela afirma, toda orgulhosa.

Ao sair sou recebido pelo sol de outono. Passo pelo parque de Christ Church no caminho até a High Street, e continuo seguindo sem pressa pela Magdalen Bridge e The Plain. Ao me aproximar da St Clement's, tudo em que consigo pensar é que irei revê-la, a senhorita Annie na Verdade, e a ansiedade vai aumentando, e na minha cabeça tento imaginar como será o encontro, o que direi, como ela irá reagir, talvez com um sorriso, talvez nos abracemos, e eu pedirei desculpa — sei lá —, mas vários cenários já me ocorreram quando finalmente chego à livraria. Paro meio de lado, examinando disfarçadamente os livros da vitrine e o interior. Não vejo ninguém. Abro a porta. E um sino toca. Mabel também tinha um sino acima da porta da quitanda.

Estarei aí num minuto!, Annie grita dos fundos. Ah, a sua voz.

Há um *cappuccino* fumegante sobre a mesa perto de um estudo biográfico de Albert Camus, 1913—1960. Tomo um gole. Forte e doce, nada mudou. Tomo mais um pouco e olho ao redor. Os livros de ficção R—Z estão dispostos em uma bela prateleira de carvalho. Há uma poltrona em uma pequena sala ao lado. Ela está colocando uma música. Chet Baker. Muito bem, Annie.

Já vou!, ela torna a gritar. Ah, a sua voz.

E ali está ela. Sai de trás de uma prateleira, o cabelo loiro preso, caindo no rosto, e ela usa uma jardineira sobre o pulôver, e então para. Põe a mão na testa.

Abro os braços e digo *Oh, capitão, meu capitão!*.

Ela não diz nada. Coloco a xícara na mesa. Chet Baker faz o melhor que pode pra criar um clima romântico.

Seu desgraçado, ela diz.

Sou um idiota.

E Annie sorri. E se atira nos meus braços.

Esse seu cheiro, ela diz.

E que cheiro é?

De traição.

Tomo conta da livraria enquanto ela sai pra comprar um *macchiato* duplo na cafeteria ao lado. Vendo um exemplar de *Um ano na Provença* e, assim que ela volta, conto entusiasmado como vendi o livro.

Aqui está, ela diz. *Sua comissão*, e me dá o café e um beijo na testa.

Dora costumava fazer isso o tempo todo, eu digo.

Então é verdade, ela comenta. *Ele se casou com a mãe.*

Abro a boca pra dizer algo, mas ela me interrompe. *Não fale comigo, só quero olhar pra você. De qualquer maneira, eu não acreditaria em nada do que você dissesse.* Ela aponta para a minha barba. *Gosto disso.*

Tomamos nossos cafés.

Absorvemos um ao outro. Ela suspira. Apoia o queixo nas mãos. Os olhos na minha barba. Os olhos em meu corpo. Os olhos em meus olhos.

Você voltou, ela diz. *Voltou, não é? Definitivamente?*

Sim. Voltei.

Sabe que... comprei vôngole pra hoje à noite?

Adoro vôngole.

Vou dar um jeito pra render três porções. Temos vinho...

Posso levar mais vinho.

E vou fazer espinafre como acompanhamento.

Adoro.

É muito bom, não é?

Parece até que você adivinhou, comento.

O sino toca assim que a porta da loja se abre.

Desculpe, diz uma senhora mais velha. *Estou interrompendo?*

De modo algum, Rose. Entre. Do que precisa?

Fiz uma lista.

Diga.

Preciso de Amongst Women, O buda dos subúrbios *e aquele livro de Ingrid Seward sobre Diana.*

É uma boa lista, Annie afirma.

E o que você acha que devo comprar primeiro?

Deixe-me falar com meu assistente. Mikey?

Nessa ordem, eu respondo.

Concordo, ela diz.

Então, Amongst Women, *por favor.*

Annie fecha a livraria, encerrando as atividades do dia. Na calçada, pergunto *Ele me odeia?*.

Não, ela diz. *Ele jamais conseguiria.*

Caminhamos de mãos dadas pela Crowley Road, eu digo que o lugar está muito mudado, e ela pergunta como. *Não sei, só sei que mudou. Talvez seja você*, Annie sugere. *Talvez*, eu digo. *Tenho certeza de que sim*, confirmo. *Você deve ter visto muita coisa por aí, e isto lhe parece agora pequeno demais.*

Não. Não é pequeno demais. É perfeito.
Diante da quitanda de Mabel, nós paramos.
Janeiro de 1963. Está nevando muito, e eu estou sentado no banco traseiro do carro do senhor Khan, que vem se arrastando por esta rua. Os limpadores do para-brisa lutam ferozmente. Ele nunca tinha visto neve, e dirige devagar, os olhos arregalados e maravilhados. Há uma carroça na nossa frente, e o cavalo para e faz cocô; o senhor Khan sai do carro com uma pá e recolhe o cocô em um saco plástico.
O que o senhor está fazendo?
É para a senhora Khan, ele diz. *Ela gosta de colocar no ruibarbo.*
Sério? Nós colocamos creme de ovos.
Ah, você é um garoto estranho e engraçado, ele diz, parando diante da quitanda. Minha nova vida esperando para acontecer. Mabel está à soleira e é velha, mas, olhando em retrospecto, nem tanto assim. Estou assustado, me sentindo muito sozinho, até ver Ellis atrás dela. A cavalaria. E eu me lembro de ter pensado *Você vai ser meu amigo. Meu melhor amigo.*
Eu me lembro de que a porta do carro se abriu, e o senhor Khan disse *Que prodígio é seu neto, senhora Wright, com duas malas cheias de livros*. E eu saí do táxi e pisei na neve. Depois, Ellis me perguntou *Elas estão mesmo cheias de livros?*. Eu falei *Apenas uma.*
Aquela foi a primeira vez que vi Dora. Ela veio pegar Ellis, e eu fiquei olhando da janela do meu quarto, e vi os dois saindo da quitanda. Bati na janela. Dora parou do lado do automóvel e olhou pra cima. O batom vermelho vivo em uma noite branca. Ela sorriu e acenou pra mim com os dois braços.
Esperamos o trânsito diminuir um pouco e corremos até o outro lado da rua.
Você está preparado?, Annie quer saber.
Não, acho que não.
Vamos lá, ela diz, e caminhamos de mãos dadas pela Southfield.
O dia está surpreendentemente ameno, e eu me sinto feliz pela primeira vez. Absurdamente. Paramos na esquina da Hill Top Road, e ela se afasta de mim.

Aonde você vai?
Dar um tempo pra vocês dois.
Annie?

Ela não se vira. Ergue o braço e continua andando. Fico sozinho. Eu e os anos. Meus olhos se voltam para a figura trabalhando na frente da garagem.

Ellis mudou tão pouco, eu concluo. As mangas da camisa arregaçadas, o mesmo cabelo desgrenhado, a mesma testa franzida diante de um dilema, seja ele amoroso ou causado por uma prateleira da cozinha. Um rádio como companhia. Ele coloca uma tábua sobre a bancada de trabalho. Leva a mão ao lápis atrás da orelha e mede — uma, duas vezes — antes de começar a cortar. O barulho da serra geme no ar. A serragem flutua no ar. E então silêncio.

Começo a atravessar a rua, com passos barulhentos. Ele ergue os olhos. Olhos semicerrados. Ellis os protege com a mão, a luz do outono refletindo nos para-brisas. Ele sorri. Solta a tábua e vem devagar na minha direção. Nós nos encontramos no meio.

Senti sua falta, ele diz.

No meu peito, o som de uma andorinha esgotada caindo suavemente na terra.

ELLIS

Junho de 1996, França

ELE ESTÁ EM PÉ, DESENHANDO, JUNTO À JANELA DE SEU silencioso quarto no primeiro andar. Os braços estão levemente bronzeados, e uma barba incipiente cobre seu rosto. Os sulcos profundos de sua testa, atenuados, o cabelo, mais comprido do que o habitual. Já se encontra aqui há seis dias, e todos os dias se pergunta por que demorou tanto. Usa chinelos e bermuda cáqui desbotada, e uma camiseta azul-clara comprada em Nova York. O colarinho está gasto.

Pela janela aberta é possível ouvir o som das cigarras, das andorinhas e de passos ocasionais no piso abaixo. Nos fundos da propriedade, na parte de trás da pousada, o ar parece ondular com o calor escaldante. A cor do céu traz à tona lembranças que já não são dolorosas.

Ele olha para o relógio. É hora. Ele fecha o caderno de desenho e sai do quarto.

O pátio está deserto. As mesas do café da manhã foram limpas e arrumadas; a água de uma pequena fonte cai ruidosamente em uma calha de granito. Ele se senta à sombra de uma oliveira e espera.

Ouve o barulho de pneus no cascalho, uma porta batendo. Um senhor baixo e grisalho — 60, talvez? — vem em sua direção sorrindo, a mão estendida.

Senhor Judd, ele diz. *Desculpe-me pelo atraso...*
Ellis se levanta e o cumprimenta. *Obrigado por ter concordado em falar comigo*, monsieur *Crillon.*
Não, não, por favor. Sinto muito pelo seu amigo. É claro que me lembro de monsieur *Triste. Ele veio no meu primeiro verão aqui. Acompanhe-me.*
Ellis o segue até o frescor do escritório. *Monsieur* Crillon abre uma gaveta e afirma *Os barracões não são mais usados como moradia, mas você sabe, não é?*
Sim, é claro. Eu entendo.
Monsieur Crillon olha pra ele. *Aqui estão elas. As chaves. Esta é do portão principal. Quanto às outras... você terá de ir experimentando.*

Ellis atravessa os jardins em direção aos monólitos escuros formados pelos ciprestes. A chave abre com facilidade o portão de madeira, e ele caminha pela grama raquítica, como Michael fizera no passado, na direção dos cinco galpões de pedra e do campo de girassóis que ficava atrás deles. E pensa na solidão de Michael, pensa em sua própria solidão. E pensa que a sua talvez seja administrável agora.

Quase não se vê a placa "Mistral" no barracão à esquerda, e ele tenta três chaves antes de conseguir abrir. Ellis empurra a porta com força. Um raio de luz corta a poeira e a escuridão obliquamente. Um lagarto sai correndo pelo chão.

Então você veio. Eu sabia que viria.

19. *Com sua camiseta listrada preferida, uma garrafa de água e pêssegos nas mãos. Olhe lá fora, Ell.*

Ellis vai até as persianas, as escancara, e a moldura se enche de girassóis, um mundo amarelo de beleza que se estende até onde a vista alcança. Ele acende um cigarro e se apoia na beirada. As andorinhas cruzam o céu fugindo do calor em suas asas.

Você sabia que estava doente?, ele pensa. *Quando ficou sabendo?*
O implacável canto das cigarras, sempre presente.
Eu jamais te deixaria sozinho.

Ele sai e vai para o meio do campo dourado, olha direto para o sol e diz a si mesmo *Nós tivemos tempo. Tivemos muito mais do que muitos.* E ele se sente bem. E sabe que ficará bem. E isso é o suficiente.

No quarto da frente, apoiada entre os livros, há uma foto colorida de três pessoas, uma mulher e dois homens. Estão rigidamente enquadrados, os braços em torno um do outro; o mundo atrás deles está fora de foco, e o mundo de cada lado, excluído. Parecem felizes, e de fato estão. Não apenas porque sorriem, mas porque há alguma coisa em seus olhos, uma tranquilidade, uma alegria, algo que compartilham. Foi tirada na primavera ou no verão, pode-se dizer pelas roupas que usam (camisetas, cores claras etc.) e, é claro, por causa da luminosidade.

O local em que a foto foi tirada não tinha nada de glamouroso, não era o destino de uma viagem de férias, ou aquele lugar que se visita uma vez na vida. Ela foi tirada no jardim dos fundos da casa de Ellis e Annie. Quem fotografou não era um fotógrafo de verdade, mas um comerciante de madeira. Ele acabara de entregar as tábuas de carvalho que Ellis planejava colocar no piso da sala dos fundos, tarefa a que jamais deu início. Ele foi até o jardim dos fundos, e havia música tocando, os três deitados em um cobertor estendido na grama. A mulher, Annie, segurava uma máquina fotográfica. E pediu *O senhor poderia tirar?*. Ele pegou a câmera e demorou o tempo que achou necessário, pois queria fazer direito. Eles pareciam tão felizes, pareciam uma família, e ele queria mostrar isso na foto. Eles eram a única coisa importante naquela tarde quente e ensolarada de junho de 1991. E naquele momento efêmero em que os conheceu, ele percebeu que não era a mulher, Annie, quem mantinha o pequeno grupo unido, mas o homem de cabelo escuro desalinhado. Havia algo na maneira como os outros dois olhavam para ele, e era por isso que estava no meio, os braços segurando-os firmemente. Como se não quisesse se separar deles.

Ouviu-se o clique da máquina fotográfica. O comerciante de madeira sabia que conseguira a foto que desejava e nem sequer se preocupou em tirar outra para ter certeza, porque sabia. Às vezes, um único enquadramento é suficiente.

Nos vemos mais tarde, disse o homem para os outros dois. *O que vocês vão assistir mesmo?*

Uma palestra sobre Walt Whitman, disse Annie. *Você ainda pode vir.*

Não, ele disse. *Não curto muito.*

Eu te amo, ela afirmou.

O comerciante de madeira voltou para a van satisfeito consigo mesmo. Jamais falou com alguém sobre as pessoas que conhecera ou a foto que tirara, porque simplesmente não havia um motivo. Foi apenas um momento, apenas isso, compartilhado com estranhos.

CONHEÇA TAMBÉM

TARRYN FISHER

F*CK Love

LOUCO AMOR

Algumas vezes, o seu pior inimigo, será você.
Outras, alguém para quem você abriu o coração.

Você pode pensar que já viu histórias parecidas, mas nunca tão genuínas como essa. Tarryn, a escritora apaixonada por personagens reais, heroínas imperfeitas, mais uma vez entrega algo forte, pulsante, que nos faz sofrer mas também nos vicia. Depois dela, todas as outras histórias começam a parecer como contos de fadas.

Dear Heart, Eu odeio você!

Autora best-seller do *The New York Times*
J. STERLING

Jules era viciada em trabalho. Colocando sempre o amor em segundo plano, sua principal meta era construir uma carreira com sólida reputação. Cal Donovan era muito parecido. Ele havia traçado uma lista de objetivos para alcançar na vida, e nela só havia espaço para ascensão profissional.

Mas um encontro ao acaso muda tudo. De repente, o amor não parece uma distração para atrapalhar seus planos.

Como fazer um relacionamento dar certo quando a sua cara-metade mora a milhares de quilômetros de você? Como viver esse amor sem abandonar tudo o que construiu?

CHARLIE DONLEA

"Uma estreia emocionante! Definitivamente, é o surgimento de um grande talento."
– Steve Berry, autor best-seller do The New York Times

A GAROTA DO LAGO

Sem inimigos nem suspeitos. Apenas uma pessoa cheia de planos que estava viva num dia e, no outro, é encontrada morta.

FARO EDITORIAL

ALGUNS LUGARES PARECEM BELOS DEMAIS PARA SEREM TOCADOS PELO HORROR...

Summit Lake, uma pequena cidade entre montanhas, é esse tipo de lugar, bucólico e com encantadoras casas dispostas à beira de um longo trecho de água intocada.

Duas semanas atrás, a estudante de direito Becca Eckersley foi brutalmente assassinada em uma dessas casas. Filha de um poderoso advogado, Becca estava no auge de sua vida. Era trabalhadora, realizada na vida pessoal e tinha um futuro promissor. Para grande parte dos colegas, era a pessoa mais gentil que conheciam.

Agora, enquanto os habitantes, chocados, reúnem-se para compartilhar suas suspeitas, a polícia não possui nenhuma pista relevante.

Atraída instintivamente pela notícia, a repórter Kelsey Castle vai até a cidade para investigar o caso.

... E LOGO SE ESTABELECE UMA CONEXÃO ÍNTIMA QUANDO UM VIVO CAMINHA NAS MESMAS PEGADAS DOS MORTOS...

A selvageria do crime e os esforços para manter o caso em silêncio sugerem mais que um ataque aleatório cometido por um estranho. Quanto mais se aprofunda nos detalhes e pistas, apesar dos avisos de perigo, mais Kelsey se sente ligada à garota morta.

E enquanto descobre sobre as amizades de Becca, sua vida amorosa e os segredos que ela guardava, a repórter fica cada vez mais convencida de que a verdade sobre o que aconteceu com Becca pode ser a chave para superar as marcas sombrias de seu próprio passado...

ASSINE NOSSA NEWSLETTER E RECEBA INFORMAÇÕES DE TODOS OS LANÇAMENTOS

www.faroeditorial.com.br